네 새벽은   언제쯤   괜찮아지려나

지민석 에세이

필름

저자 고유의 글맛을 살리기 위해 표기와 맞춤법은 저자 고유의 스타일을 따릅니다.

함께 들으면 좋은 OST

Radiohead_Creep

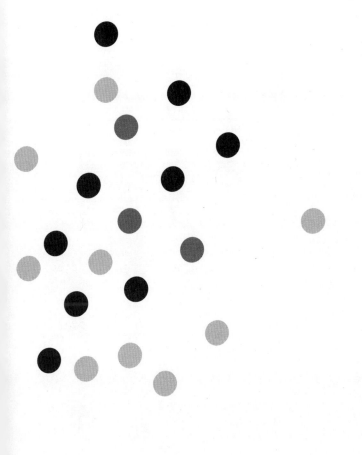

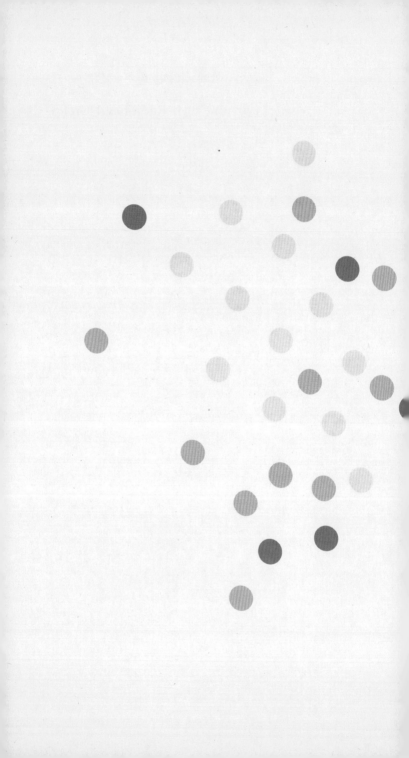

시간이 훌쩍 지났어도,
우리의 새벽은 여전히 새벽이겠죠.

새벽의 다른 말은 이러합니다.
먼동이 트려 할 무렵.
그리고 '오전'의 뜻을 이르는 말.

새벽이 지난 뒤 우리의 삶을 여전히 응원합니다.
부디 아프지 마세요. 몸도 마음도요.

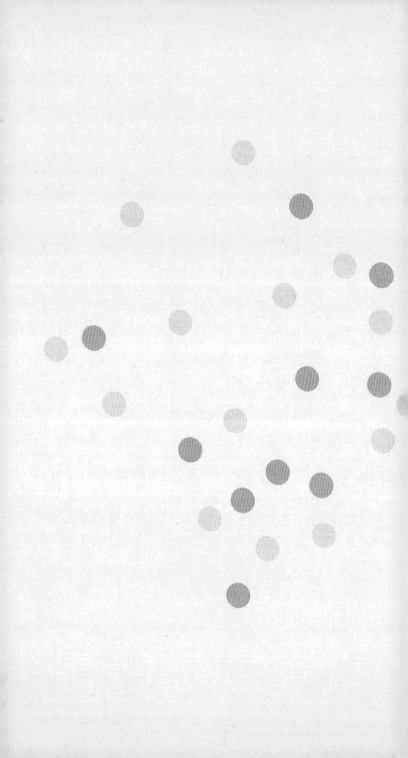

프롤로그　　　　새벽을 펼치며

이 새벽이 당신과 내 시간을 이어준다면

나는 그걸로 됐습니다.

아프지 마세요.

몸도 마음도.

차례

1부

1부

마음의 벽

나는 외로움을 많이 타는 편이지만, 누군가에게 마음을 쉽게 열지 못하는 사람이다. 약간은 내성적이라고 할 수 있다. 남들보다 마음이 너무 예민한 탓일까. 이런 사람은 대개 살아가면서 다른 이에게 본인의 속마음을 털어 놓는 것조차도 쉽지만은 않다. 여러 환경 속에서 상처받을수록 그 자극은 곧 마음의 벽돌로 이어졌고 하나둘 서서히 쌓여 갔다. 그렇게 쌓아 온 그 벽돌들은 어느덧 커다란 벽이 되어 버리기도 했다. 내게 커다란 마음의 벽이 생긴 이후 달라진 게 있다면, 이 벽으로 인해 이전보다 상처를 덜 받을 수 있었지만, 다가오는 사람을 쉽게 마음에 들이기도 어렵게 되었다는 것이다. 분명 그 안에서 내게 다가오는 사람 중 괜찮은 사람도 있었을 텐데 말이다.

그렇지만 어떤 상황이든 간에 이미 내 벽 안에 들어온 사람은 있기 마련이다. 그리고 보통 그런 사람들에게 의지를 많이 하게 되는 것 같다. 인연을 이어가는 데 특별한 기준점은 없다. 굳이 기준을 정하면 뭐랄까? 서로의 마음을 재지 않는, 계산하지 않는 사람들이랄까. 가식적인 관계에 찌든 것이 지겨운 나머지 일말이라도 상대방의 배려와 진심이 느껴진다면, 그 순간 일제히 마음이 향하게 되는 것 같다.

시간이 흘러갈수록 내가 만든 벽, 나의 울타리 안에 있는 사람들에게 더 마음이 깊어져 간다. 아니, 그들과의 관계에 흠뻑 취하게 된다. 만남 뒤에 찾아오는 편안함이 주는 위로는 상당하기 때문이다.

사실 앞서 말한 이런 사람들을 '진짜'라고 표현하기도 한다. '진짜 좋은 사람', '진짜 친구'와 같이 말이다. 예를 들어 타인에게 어떤 사람을 소개할 때 "얘는 진짜야."라고 말을 전할 수 있다면 당신은 이미 힘들 때 기댈 곳 한 군데 정도는 있다고 생각해도 된다.

다른 사람들은 어떻게 생각하고 있는지 잘 모르겠지만, 나에게 있어서 내가 '진짜'라고 생각하는 사람들은 나와 닮은 구석이 참 많다. 우린 모두 외로움을 많이 타는 사람들이라는 것과 모두 저마다 상처 한두 가지씩을 갖고 있다는 것이다.

원래 상처가 곪은 사람들이 겉으론 강한 척, 괜찮은 척을 하지만 가장 여리고 약한 존재일 수도 있다. 그래서 때론 차가워 보이고 다가가기 어려워 보일 테지만, 보이는 게 전부는 아니다. 아마도 매 순간 호의적인 태도로 새로 마

주할 인연을, 사랑을 갈구하는 내면이 있을 것
이다.

사실 벽이란 것은 나의 깊숙한 결핍으로 인
해 생겨버린 것일 수도 있다. 이 벽은 그렇게
두텁지 않다. 그래서 벽을 허무는 것도 어렵지
않다.

마음이란 벽은 내가 받는 진심에 따라 높이
쌓을 수도, 또는 쌓지 않을 수도 있는 그런 속
상하고 서글픈 마음이니까.

벽돌 하나 내리면 쉽사리 힘없이 무너지는
그런 벽이기 때문에, 벽의 높이만 보고 다가가
지 않는다면 벽은 절대로 무너지지 않을 것이다.

당신의 습관은 아프진 않나요?

습관이란 참 무섭다고 느껴진다.

　습관이 무섭다고 느낀 가장 큰 이유는 66일의 기적 때문이다. 같은 행동을 66일이란 시간 동안 반복하다 보면 그것은 이내 습관이 된다고 한다. 내게도 여러 습관이 생겼다. 다시 말하자면 당신과 함께하는 시간 속에 생겼던 습관들이 있다.

　세안을 마치고 바르는 스킨케어는 언제나 당신이 챙겨줬다. 당신은 내게 화장품을 하나하나 보여주며 이건 주름에 좋고, 이건 미백에 좋고, 이건 트러블에 좋다며 얼굴에 바르는 동작까지 세세하게 알려주곤 했다. 피부에 큰 관심이 없는 편이었지만, 그래도 곧잘 챙겨 바르기 시작했다. 그리고 오늘은 문득 다 쓴 화장품이 눈에 띄었다. 평소보다 병이 가벼웠다. 손바닥에 툭툭 털어 냈지만, 겨우 한 번 바를 양만 나왔다. 다 썼다. 화장품을 다 썼으니 자연스레 당신을 찾았다.

당신은 없었다. 내 옆에 없었다. 내 약지에도 없었다. 내 휴대폰에도 없었다. 당신은 지금 어디에도 없다. 이제는 이별을 받아들였다. 이 시간을 부정하지 않는다. 아니, 이제는 이것이 원래 내 시간인 것처럼 익숙해졌다. 그렇게 평소처럼 별 탈 없이 보내며 살아갔는데, 이 작은 습관에 걸려 넘어졌다. 마음이 아팠고 눈물이 나왔다. 아니, 갓난아이처럼 울었다. 아직 말을 배우지 못해서, 답답해서 더 서글프게 우는 아이가 되었다. 밥을 달라고, 똥 기저귀를 갈아달라고 부모를 애타게 찾는 갓난아이처럼 울었다.

드디어 속마음을 게웠다고 해야 할까? 그동안 억지로 붙잡고 있던 감정선을 내려놓고 털어내니 홀가분해졌다.

다시 이렇게 66일을 살아간다면 이러한 습관도 언젠간 지워지겠지. 이 습관을 지우는 것도 당신이 남긴 잔상이라면 내가 털어 내야 하는 이유일 것이라 생각한다.

다만 이런 습관들이 나도 모르는 사이 익숙하게 튀어나왔을 때, 심장이 쿡 하고 아플 수도 있겠다.

과연 그때가 어떤 상황일지는 잘 모르겠지만, 분명 네가 내 곁에 없다는 걸 알면서도, 그때마다 나는 너를 찾을 것 같다는 것이다.

아마 장담하건데 조금, 아주 조금은 아플 것 같다.

당신은 어떤가요?

자주 거닐던 거리지만 어떨 때는 문득 낯선 공기가 느껴지는 날이 있다. 분명 공기는 색깔도 향기도 느껴지지 않지만, 이날만큼은 전혀 다르게 느껴진다. 공기에도 색이 있고 향이 있는 걸까. 차가운 공기를 쉭 들이마시는 들숨일 땐 가끔 머리가 띵하기도 하다. 여러 생각들이 한꺼번에 들어온다는 표현이 적합할 것 같다.

그땐 온통 잡념들이 가득 차 버린다. 뭐 이를테면 옛 연인에 대한 기억들이랄까. 그리고 다시 날숨을 뱉을 땐 그 생각들을 모두 떠나보낸다. 그렇게 계속 걸음을 옮기고, 매 순간 숨

을 쉬며 살아간다. 사실 호흡이란 게 인지를 못
할 뿐이지, 여전히 계속 숨을 쉬고 있다. 하여
간 계속해서 긴 호흡을 반복하다 보면, 이런 잡
념들도 점차 희미해지겠지.

참 다행이다. 내가 당신에게 이런 나라도 함
께 하면 어떻겠냐는 속마음을 고백할 수 있으
니까. 내가 당신과 함께 같은 호흡을 하며 살아
가다 보면, 얼음장 같이 차가운 당신의 마음도
점차 녹아내리지 않을까. 그리고 계절마저도 겨
울에서 봄이 될 테고. 나는 만약 봄이 온다면
봄에는 오로지 봄을 만끽하고 싶다. 벚꽃도 보
고 한강으로 소풍도 가고 그렇게 봄을 온몸으
로 마주하고 싶다.

나는 시끄러운 술집보다 테이블 몇 없는 작
고 조용한 술집을 더 좋아하는 편이다. 오히
려 커튼 하나 사이로 경계가 놓인 둘만의 공간
이 더 좋다. 물론 카페도 그렇고. 딱히 그럴 만

한 이유가 있냐고 물어본다면 당신과의 대화에 귀를 기울이고 싶어서다. 당신과의 시간을 타인으로부터 방해받고 싶지 않아서다. 나는 하루에 블랙 커피만 세 잔을 마실 정도로 커피를 좋아하는 사람이지만, 당신과 처음 만나는 날엔 기꺼이 술도 마시고 싶다.

애써 솔직하게 말하자면, 취기 오른 당신과 나 사이에서 오가는 말이 머릿속에서 생각을 거치지 않고 내뱉는 서로의 진심이길 바라기 때문이다.

다시 말해서 난, 당신의 순수한 영혼을 보고 싶다. 영혼이라 함은, 육체에 깃들어 마음의 작용을 맡고 생명을 부여한다고 여겨지는 비물질적 실체라고 정의된다. 그렇게 당신과 마음을 나누고 싶다. 어떤 사람인지, 어떻게 살아왔는지, 지금 어떤 생각을 하고 있는지, 눈을 보며 이야기하고 싶다. 그렇게 당신과 긴 밤 내내

이야기 끈을 놓고 싶지 않다. 함께하는 이 밤이
아쉬워질 정도로 말이다.

당신은 어떤가요.

저와 같은 감정이신가요.

이런 저라도 괜찮다면

함께해도 괜찮겠습니까.

당신의 지난 사랑을 제게 털어놓을 만한 용기가 있으
신가요. 혹시 이야기하다 눈물을 흘리신다면, 기꺼
이 어깨를 내어 드리겠습니다. 대신 제가 당신의 눈
물을 책임질 수 있게 해 주세요.

제 바람은 그뿐입니다.

조금만 배려해 준다면

너무 편한 사이는 독이라고 했던가. 정말 뼈저리게 절감하는 말 중 하나다. 편할수록, 가장 가까운 사이일수록 더욱 조심하고 배려해야 하는 것을 미처 모르는 사람들이 많다. 좁디 좁은 나의 몇 안 되는 인간관계에서도 앞서 말했던 사람들이 여럿 있었다.

사람들에게 너무 마음을 다 열어 둔 탓일까. 나를 대하는 것에 있어서 시간이 지날수록 점점 배려가 사라지는 사람이 보이곤 했다. 나는 워낙 성격이 깔끔한 편이라, 내 공간을 어지럽히는 걸 좋아하지 않는다.

이사한 지 얼마 되지 않아, 친구들을 집에 초대한 적이 있었다. 집에서 음식을 해 먹고 약간의 술도 마시면서 시간을 보냈다. 그 자리에 있던 한 친구는 나와 최근에 알고 지내게 된 사이고, 또 다른 한 친구는 오래됐다면 오래됐다고 할 수 있는 사이였다. 두 녀석이 그날 집에 놀러왔다.

최근에 알고 지내게 된 친구는 집에 들어와 신발을 벗는 것조차 조심스러워 보였다. 신발 정리를 가지런히 하고, 나 혼자 사는 자취집인 것을 뻔히 알면서도 "실례하겠습니다."라는 말을 뱉으며 어색하게 휴지 꾸러미를 들고선 들어왔다. 그렇게 나를 대하는 모든 행동과 말투 하나하나가 조심스러웠다. 나도 물론 그 친구가 내게 하는 만큼 적당한 온도와 선을 유지하면서 진심으로 대했다.

반대로 다른 한 친구는 제 집에 온 것처럼

온 집안을 어지럽히기 시작했다. 예를 들어 발톱을 깎고 바닥에 그대로 두었다거나, 상식적으로 벗어났다고 생각하는 행동들이었다. 사실 좀생이도 아니고 어지럽히면 다시 치우면 그만이지만, 그래도 처음 초대하는 자리였고 만약 본인의 집이었다면, 그와 같은 행동이 괜찮았을까? 그 친구를 증오하고 미워하는 건 아니지만, 내심 서운하다는 생각이 들었다.

한때 사람들의 입으로 돌고 도는 말 중에 이런 말을 들었던 적이 있다.

"정말로 친한 친구 집에 간다면 냉장고를 열 때 물어보지 않고 여는 게 진정한 친구다."

나는 사실 이 말에 대해 어느 정도 반감이 있는 편이다. 물론 나 역시 학창시절에 단짝 친구의 집에 놀러가면 종종 내가 하고 싶은 대로 편하게 행동했겠지만, 사회생활을 하고 눈칫밥

을 먹는 나이가 되었을 땐 좀 달라져야 한다고
생각한다.

어린 시절이었다면 학교라는 굴레가 있어서
어찌됐든 마주치는 것이 친구고 서운함이 생겨
도 풀어갈 수 있는 여건이 많지만, 이제 직장을
다니고 전혀 겹칠 것이 없어지는 나이가 된다면
더 이상 마주칠 수 있는 장소는 없다. 다투는
일이 생긴다거나, 마음이 상한다면 오해를 풀기
는 더욱 어렵다. 연락을 더 이상 하지 않고 관계
를 지속하고 싶은 마음이 없다면 충분히 멀어
질 수 있는 사이다.

그래서 지금 곁에 있는 사람들에게 사소한
거 하나하나 더 조심하고 배려하고 소중하게 관
계를 지켜 내야 한다고 생각한다.

어쩌면 당신이 편하다고 생각하는 사람은
이미 당신이 불편해졌을 수도 있다. 편안한 사

이란 어느 누가 하늘에서 갑자기 내려준 선물
이 아니다. 둘 사이에 주어진 편안함은, 더 소
중하게 지켜야 한다는 의무라고 생각한다.

가끔은 아주 조금 불편한 관계가 더 좋다.
아무리 편해도 지킬 건 지켜야 된다.

해야 할 말들

살아가면서 진심을 표현해야 하는 순간은 매번 찾아온다. 대부분 타인에게 속마음을 전하게 될 때면, 이 사람이 내가 전하는 말에 대하여 어떻게 받아들일지 하나하나 다 따져 보게 된다. 그렇게 상대방의 마음까지 신경 쓰고 배려한다는 전제하에 마음이 갈팡질팡할 수 있겠지만 우선적으로 생각해야 할 것은 바로 본인의 속마음이다.

일단 나부터 생각했으면 한다. 다른 사람들 생각은 조금 미뤄 두어도 좋다. 거절이나 속마음을 표현하는 것도 요즘 시대에 꼭 필요한 삶의 요소다. 내가 솔직하다는 이유만으로 정이 없다거나, 나를 나쁜 사람이라고 손가락질하는 경우는 없을 것이다. 만약 내가 거절을 했다는 이유로 나에게 핀잔을 주는 사람이 있다면, 그런 사람에게 더 이상 마음을 줄 필요는 없다.

타인에게 마음을 온전히 다 줄 필요는 없다. 보통 상대방을 배려하는 선은 최소한의 예의에서만 행하고, 자칫하면 내 마음이 상처로 번질 수 있는 그런 일은 초래하지 않았으면 좋겠다.

이젠 정말로 같잖은 사람들 틈에서 그만 아파야지.

그냥 눈을 감겠습니다

정말로 사랑했던 사람이 있었다. 그리고 지금까지 당신과 내가 왜 헤어졌는지 모를 정도로, 덜컥 이별을 맞이했다. 나는 그런 말도 안 되는 상황을 두 번이나 경험했다. 아마 성격 차이, 권태기와 같은 보통의 연인들이 겪었던 그런 것들이 내게도 찾아 왔을지도 모르겠다. 당신은 늘 어려운 사람이었다. 몇 년을 알고 지낸 사람이지만, 당신에 대해 아는 것이 거의 없었다.

발 사이즈, 혈액형과 같은 단순한 부분이 아니라, 정말로 당신에 대해 알지 못했다. 서로에 대해 속마음을 터놓지 못했던 사이였기 때문일까.

평소에도 문득 생각이 나던 사람이었는데, 혹여 술 한잔 걸치는 날에는 세상이 온통 당신이었다. 당신과 같이 갔던 음식점도 아닌 같은 이름의 프렌차이즈 음식점이라도 지나칠 때면 당신 생각이 한꺼번에 몰려왔고, 그곳을 황급히 지나치기 일쑤였다. 그런데 당신은 내가 이런 상황이 어느 정도 익숙하고 괜찮아질 즈음, 내게 다시 연락을 했다.

당장이라도 당신의 손을 다시 맞잡고 그동안 보고 싶었다고. 왜 이제서야 연락을 했냐고. 나는 당신을 여전히 사랑했다며 애절하게 마음을 구걸할 수도 있었을 테지만, 한 가지 이유 때문에 마음은 더없이 무거워져 버린다. 다시 돌아간다면 정말로 행복할까. 또 이런 비수를 꽂는 듯한 아픔을 다시 반복하는 것이라면 이쯤에서 그만두는 게 낫지 않을까.

당신과 헤어지고 정확히 23일이 지나고 다시 연락이 닿았을 때, 나는 그날, 내게 남아 있던 모든 마음을 다 게우면서 무작정 노트에 적었다.

내게 오래 머무는 게 아니시라면, 저는 당신에게 제 마음을 드릴 수 없습니다. 당신의 눈물도 당신이 내게 보이는 미소도 온전히 안아줄 수 없습니다. 사랑이 장난입니까. 그렇게 덜컥 좋아하는 마음이 생겨버렸다고 한 사람의 마음에 불을 지펴 놓고선, 얼마 지나지 않아 모든 것이 타버렸다고 혼자 마음 정리를 하는 것이. 이젠 식어버렸다고 하는 게. 그렇게 획 하고 눈앞에서 꺼져버리는 게, 그런 게 당신이 말하는 사랑입니까.

저는요. 그런 사랑을 더 이상 원치 않습니다. 당신의 마음이 애당초 진심이 아니라면 제게 더 이상 나타나지 말아 주세요. 잠깐 당신의 외로움을 해소하려는 목적이라면 제 눈앞에서 멀어져 주세요. 아니면 당신이 제 앞을 기웃거릴 때마다 저는 눈을 감아버릴 수밖에 없습니다.

따뜻함이란

추운 겨울날이었다. 홍대입구역 8번 출구 길거리 부근에는 포장마차가 일렬로 줄을 서 있다. 그날은 보통 추위가 아닌, 가장 매서운 한파가 들이닥쳤고 당신과 나는 추위를 피하기 위해 평소보다 발걸음을 재촉했다. 조금 허기가 진 상태이기도 했던 탓일까? 맛있는 냄새와 함께 따뜻한 김이 모락모락 나는 포장마차를 그냥 지나칠 수 없었다.

분식을 썩 좋아하는 편은 아니지만, 왠지 그날은 분식을 먹이 줘야 할 것만 갔았다. 떡볶이 한 접시와 어묵 두 개를 주문했다. 무언가 성에

차지 않아 튀김도 일 인분 달라고 했다. 떡볶이 국물을 튀김에 부으며 그렇게 배부르고 따뜻하게 식사를 했다.

잠시 추위를 피해 몸을 녹일 만한 곳으론 적합한 장소였다. 여전히 계절은 겨울이지만, 당신과 우연히 연락이 닿아 마음이 더 시린 어느 날, 그날 당신은 내게 이런 말을 했다.

"그때 포장마차 진짜 따뜻했는데, 그때의 온기를 다시 느낄 수 있을까?"

아니, 그때의 온기는 다시 느낄 수 없다. 그 시간만이 줄 수 있는 분위기나 감정은 되돌릴 수 없다. 당신과 나는 이미 멀리 돌아와 버린 건지도 모르겠다.

우리가 손을 잡고 다시 그 허름한 포장마차에 들어가고, 뜨거운 떡볶이와 어묵 한 사발을 시켜도, 그 음식들은 이미 식어버린 것이나 다름 없을 것이다. 지난 시절의 따뜻한 온기와 차가웠던 냉기를 기억하면서 다시 손을 잡으면 우리는 또 같은 것들을 반복할 수밖에 없다. 결국 추억을 좇으려다 추억에 좇기다가 점점 지치고, 이내 넘어지고 말 것이다.

만약 우리가 다시 함께 겨울을 맞이하게 된다면 나는 새 이불을 장만하고 싶다. 아마, 당신과 내가 함께 덮기에는 새 이불이 가장 따뜻하지 않을까 싶어서.

우리, 다 보여주진 말아요

사랑은 세 번 정도 해 봤다. 연애를 떠나서 정확히 "내가 이 사람을 사랑했었다"라고 말할 수 있는 것은 세 번이다.

첫 번째 사랑은 학창시절에 만난 사람이었다. 하지만 이제는 그 사람의 얼굴과 목소리마저도 희미해졌다. 가끔은 이름도 깜빡깜빡한다. 너무 오래 전 이야기이기도 하니까.

이름과 생김새와 목소리마저 희미해진 그 사람을 사랑했다고 확신할 수 있는 것은, 내가 한때 눈물을 훔치며 그리워했던 기억이 맴돌기 때문이다.

정말로 사랑했으니, 눈물도 흘린 것이라고 생각한다. 그래서 그것만이 진짜 사랑이라고 생각한다. 언제나 이별 뒤에야 그 사랑의 깊이를 가늠할 수 있고, 당신이 내게 얼마나 소중한 존재였는지 깨달을 수 있으니까.

지금껏 살아오면서 지난 연애시절을 돌아본다면, 연인과는 보통 한 해 이상은 같이 보냈던 것 같다. 그렇기 때문에 첫 만남의 호기심과 이끌림으로 이어가는 사랑은 거리를 두는 편이다. 가벼운 만남은 무척이나 질색하는 편이고, 진득하게 한 사람을 천천히 오래 알아가고 싶기 때문이다.

누구나 사랑한다는 말은 쉽게 할 수 있다. 당장 이 사람을 내 옆에 두고 싶다면 "널 사랑해"라는 작업 멘트를 어느 누가 못하겠는가. 하지만 나는 쉽게 사랑한다는 말을 하지 않는다, 아니, 못한다. 입 밖에서 그 말이 떼어지지가 않는다. 그 표현이 목구멍으로 올라올 때면, 그 말을 뱉어버리면 그만인데 그러기가 참 쉽지 않다.

그래서 내게 있어 사랑이라 함은 내 전부였던 사람과 다름 없다. 그런 사람을 세 번 떠나 보냈다. 세 번을 웃었고 세 번을 울었다.

세 번의 사랑과 이별을 경험한 후에 느낀 것은, 제아무리 사랑하는 이라도 나의 모든 것을 다 보여줄 필요는 없다는 것이다. 상대방도 내게 싫증을 느끼지 않을 정도로 적당히 그 마음을 유지해야 됐었는데, 사랑한다고 집착하는 것도, 미워한다고 등을 돌려버리는 것도, 지나고 돌이 켜보면 모두 후회 섞인 아픔들로 남게 된다.

그때 조금만 적당한 거리를 두면서 사랑할 걸. 조금만 미지근하게 미워할 걸. 감정을 모두 보여주면서 솔직하게 사랑하는 것만이 능사는 아니라고 생각한다. 물론 상대방에게 거짓말을 하는, 그런 솔직함과는 거리가 먼, 감정 고백의 솔직함을 말하는 것이다.

　나는 사랑과 이별을 하면 할수록 성숙해진
다고 느끼며 그렇다고 믿는 사람이다. 전부였던
사람과 꼭 헤어졌다는 이유만으로 괴로워하는
것이 아니다.

　당장 당신이 내 눈앞에서 사라지고, 더는 못
볼 것 같고, 다시는 연락하기 어렵다는 사실도
너무나 속상하지만, '그때 더 잘해볼 걸'이라며
지난 일에 대한 아쉬움이 자꾸만 묻어 나오는
게 더 괴롭다. 그리고 그 괴로움은 단순히 아픈
감정으로만 끝나지 않으려고 노력한다. 몸에 문
양이나 글자를 새기듯이, 그 감정 또한 마음속
에 새겨 버린다. 그때 느낀 기분과 아쉬움을 평
생 간직하고 싶다. 이 다음에 사랑하는 사람이
다시 생긴다면, 같은 이유로 상처를 주고 싶지
않아서.

그러니 만약 사랑을 할 때면

우린 다 보여주지 말아요,

사랑하는 마음도 미워하는 감정도

조금만 서서히.

그리고 자세히 오래 볼 수 있도록.

공허한 날

괜스레 그런 날이 있다. 마음이 무척이나 허한
날. 힘들다고 투정 부릴 어린 나이도 아닐 뿐더
러, 그런 나약한 사람은 아니라는 일념하에 살
아왔던 사람이지만 이런 날에는 무척이나 허
하다. 처음엔 사랑이 결핍돼서 그런 줄 알았다.
타인에게서 사랑을 넘치도록 받길 원했다. 그러
면 이 공허함도 사라질까 믿고 있었으니까. 그
런데 제아무리 다른 사람들에게 사랑을 받는다
고 하더라도, 공허한 마음은 좀처럼 나아지지
않는 것 같다.

어디서부터 잘못된 걸까?

어디서부터 이렇게 무너져 버린 걸까?

사실 위에 두 질문은 바보 같은 물음일 뿐
이다. 사실 알고 있다. 나도 알고 있고, 당신도
이미 알고 있을 수 있다. 그 공허함과 출처를 알
수 없는 묵직한 마음이 나를 짓누를 때, 쉽게
깨닫는다. 내가 나를 사랑하지 않아서다. 다르
게 말하자면, 지금 내가 살아가고 있는 현재의
삶이 지쳐 있기 때문이다. 내가 지쳐 있기에 마
음은 쉽게 고장나 버리고 우울함의 깊이는 끝
도 없이 내려간다. 이런 악순환이 계속해서 반
복된다.

나 또한 그러고 있고, 물론 당신도 그럴 수
있다고 생각한다.
그렇다면 나를 사랑하는 방법이 무엇일까?

아직도 명확한 해답을 찾지는 못했지만, 나는 그냥 푹 쉬는 방법을 택했다. 조금이라도 나를 예민하고 민감하게 만드는 것들로부터 멀어지려 한다. 예를 들어 평소보다 잠자리에 일찍 들기 위해서 휴대폰을 치워 버린다거나, 내게 스트레스를 주는 일거리나 사람들을 생각하지 않기로. 무작정 몇 날 며칠을 쉰다는 그런 막연한 개념은 아니다. 지금 당장 바쁜 것들에 치여 마음이 급급한 상태에서 일의 성과를 저하시키는 것보다는, 충분한 휴식을 갖고 난 이후의 내 삶을, 나를 믿어보기로 했다. 하루만 아무 생각 없이 푹 쉬기로, 또는 푹 자기로 결정했다.

우린, 너무 바쁘게만 달려가고 있는 건 아닐까.
그러다 우리, 너무 아프면 어쩌지.

우린 아픈 사람이니까

한 친구와 갑자기 친해진 적이 있었다. 하지만 아직 그 친구에 대해 모르는 게 대부분이라 우리는 서로에게 궁금한 것을 물어보았다.

사실 성인이 된 이후, 누군가와 친구가 된다는 게 쉽지만은 않다. 어린 시절과 비교해 보면 사람을 보는 관점도 많이 달라졌을 뿐더러, 내면을 보려는 마음은 자꾸만 깊어 간다. 쉽게 말해서 이 사람이 나와 잘 맞는 사람인지 아닌지, 오늘 만나고 남이 될 사람인지, 내일을 기약할 수 있는지에 대해서 느끼고 싶었다.

나는 그 친구에게 엉뚱한 제안을 했다. 우리가 공통적으로 관심 가질 만한 그런 행복한 이야기 말고, 서로의 치부에 대해 말할 게 있다면 이야기해 보자고. 친구가 당황할 줄 알았다. 사실 조금이라도 흠칫하라고 하는 말이었다. 시답잖은 농담보다는 '당신이 진심으로 다가온다면, 나도 마음을 다 열겠습니다.'라는 정도의 뜻으로 말을 건넸다.

그런데 친구는 당황하지 않고, 자신이 남들에게 숨기는 것이 딱 하나 있다고 했다. 오히려 친구의 그 덤덤한 언행은 내 궁금증을 유발시켰다. 미안함이라는 감정이 '민석아, 네 생각은 어리석었어.'라며, 뒤통수를 가격한 기분이 들었다. 이 사람은 어쩌면 처음부터 내게 진심으로 다가온 걸 수도 있는데, 나만 찌질하게 마음을 닫고 간을 보고 있었으니 말이다. 친구에게 다시 말을 건넸다.

"나는 평생 남들에게 들키고 싶지 않은 치부가 세 가지 정도 있어. 그냥 나부터 먼저 말할게."

그렇게 한 시간이 넘도록 우린 슬픈 이야기를 웃으면서 나눴다. 자세한 내용을 다 옮길 수는 없지만, 친구의 이야기가 끝나갈 무렵 우린 이런 대화를 했다.

"맞아. 세상에 사연 없는 사람이 어디 있겠어."

맞다. 사연 없는 사람은 없다. 각자 저마다의 사연을 가슴속에 품고 살아간다. 친구와 내 사연에서 어디 한 군데라도 공통점은 찾아볼 수 없었다. 우린 너무나도 다른 사람이니까.

비록 눈에 띄는 단면적인 공통점은 찾지 못했지만, 우리는 닮은 점이 있다는 걸 깨달았다. 나와 그 친구는 한동안 많이 아팠던 사람이라는 것이다. 어떠한 이유든 그로 인해 많이 아팠고, 아마도 지금까지 아파할 수 있는 사람들이다.

그래서 그 친구에게 마음을 다 열었는지도 모른다. 충분히 그의 힘듦을 고스란히 전달받을 수 있어서. 아마 사람들은 나와 비슷한, 또는 닮은 사람들을 일부러 더 찾고 있는 건 아닐까. 본인의 상처나 치부 같은 아픈 속마음을 타인에게 말하는 것이 진심이란 기준과 관계의 깊음을 나타내는 것은 물론 아니겠지만, 적어도 본인과 비슷한 아픔을 갖고 있는 타인을 헤아려줄 만한 깜냥이 있는지는 느껴지기에 진심을 말하는 건 언제든 좋다.

그리고 두 사람의 마음을 경계하는 선이 간결해지고 느슨해진다면, 둘은 아주 가까운 사이로 발전되겠지.

나는 그래서 아픈 사람이 좋습니다.

가슴 절절하게 아픔이 있었던

사람을 원합니다. 나도 그렇거든요.

나와 비슷할 거 같거든요.

어쩌면 우린 닮은 구석이 아주 많을 수 있습니다.

마음의 아픔이란 것은,

마냥 부끄럽고 숨길 게 아닐 수 있습니다.

그것은 우리가 잘 살아가고 있다는

증거가 될 수도 있어요.

서로의 아픈 치부를 드러내면서

이야기하는 내내 웃으며 대화했던 것처럼,

어느 순간 다 털어 놓을 수 있는

그런 날이 오길 바랍니다.

추억은 망가져 버렸습니다

글자를 나열해서 문장을 만들고 생각과 마음을 풀어쓰는 나에게, 추억이라 함은 끝도 없는 미지의 영역이다. 매 순간 나의 지난 시절들을 추억이라고 생각하며 살아간다. 그런 내가 추억이 망가져 버렸다고 스스로 고백하는 것은, 가슴에 구멍이 난 것이나 다름 없다. 무척이나 애석하고 서글픈 일이다.

　나의 추억은 망가져 버렸지만, 다른 사람을 만날 때면, 그 사람에게 추억이 미치는 여파나 그 깊이가 이따금씩 궁금해진다.

　당신의 추억은 안녕하신지요?

추억의 명사는 이렇다.

'지나간 일을 돌이켜 생각함. 또는 그런 생각이나 일. 유의어로서는 그리움.'

사람이 살아가며 가슴 아린 사랑을 적게는 두어 번, 많게는 그 이상도 경험할 테다. 또는 꼭 사랑이라는 감정이 아닌, 무언가 풋풋하고 설레는 특별한 기억으로 남아 추억으로 자리잡힌 경우도 있다.

나 역시도 한때 무척이나 그리워했던 사람이 있다. 그리움에 대한 주제로 글을 쓴다면 당신이 가장 먼저 떠오를 테니까.

사실, 너무 오래전 이야기라 당신의 생김새는 어렴풋이, 목소리는 가물가물하다. 그때의 내가 당신과 어떤 대화를 나눴고, 어떤 날에 행복했으며, 어떤 날에 슬펐는지조차도 기억이 잘나지 않는다. 딱히 이렇다 할 손꼽을 추억이 없는 것 같다. 그럼에도 불구하고 그 당시의 분위기라고 해야 할까. 당신을 만나는 동안, 당신과 나 사이에 맴돌던 공기가 편안해서 좋았고, 그래서 그리운 것 같다.

아마 지나고 돌이켜보면 좋은 기억만 남아, 내 마음속을 쉽사리 떠나지 못한 것일 수도 있다.

그런 그리운 당신이 며칠 전 내게 연락을 했다. 맞춤법이 엉망인 걸 보니, 아마 술에 취해 연락을 한 걸 수도 있겠다 싶었다. 아니, 원래 맞춤법을 신경 안 쓰는 사람이었나. 당신에 대해 기억이 나질 않는다. 반갑다거나 기쁘다거나 아니면 슬프다는 감정이 들지는 않았다. 그저 몇 년 만에 내게 연락을 한 이유와 무슨 말을 할까 라는 궁금증이 더 클 뿐이었다.

"잘 지내?"

당신은 일방적인 인사말과 함께 다짜고짜

자신의 푸념을 늘어놓았다. 그리고 아직도 그때 그 시간 속 '우리'에 대해 이야기를 했다. 당신은 아직도 그 시간 속을 살아가고 있었다. 벌써 꽃은 세 번이 피고 눈꽃은 세 번이나 맺힌 시간인데도, 그렇게 계절이 여러 번 바뀔 정도로 시간이 흘렀는데, 당신은 아직도 그 시간 속에 머무르고 있는 사람이었다. 내가 기억하는 당신과 지금의 당신은 사뭇 다른 모습이었다. 아니면 당신은 아직도 몇 해 전 그때 그 사람으로, 전혀 바뀌지 않은 모습일 수도.

당신의 말을 잠자코 듣다가 메시지를 보냈다. 다시는 이런 식으로 연락하는 일은 없었으면 좋겠다고, 그렇게 딱 잘라 말했다. 왜 그런 말을 하고 선을 그었는지는 모르겠다. 가끔 소식이 궁금할 때마다 SNS 주소를 찾으려고 아등바등했던 그런 사람이었는데, 여러 복잡한 감정이 머릿속을 빠르게 스쳐지나갔다.

복잡하다고 하면 복잡할 수 있는 그런 마음

중에 확실하게 내 마음을 굳게 만든 것이 있다.
더 이상 내 추억이 망가지는 모습을 보기 싫었
다. 다만, 그런 나의 추억이 다 타버리고, 재가
되고 소멸되는 모습을 더 이상 내 눈으로 보기
가 힘들어서 그랬다.

추억은 미화되기 마련인가 보다. 어느 누가
그랬던가. 추억은 추억으로 남아야 아름다운
것이라고. 그런 것 같다. 추억과 현실이 직면하
게 되는 순간, 꿈에서 깨어나게 된다. 그리고 그
꿈은 악몽까지는 아니더라도, 다시금 같은 꿈
을 꾸게 되는 것마저 싫어질 수도 있다.

"잘 지내."

행복의 그늘은 외로움이 아닐까요

술을 그렇게 좋아하는 편은 아니지만, 그런 자리의 분위기가 좋아서 술자리를 나간다. 나는 어떤 사람과 시간을 보내며 술을 마시느냐가 중요하다고 생각한다. 좋은 사람들과 마시는 술은 언제나 달다. 분명 목 넘김이 쓰지만 말이다. 이런 생각을 갖고 살아가는 와중 번번이 SNS에서 이런 글을 보곤 한다.

"오늘 술 한잔 할 사람?"

좀 의아했다. 다양한 사람들의 생각을 존중하는 게 맞지만, 나로서는 좀처럼 납득이 가지 않는 말이었다. 앞서 글을 올린 사람은 술이 좋아서 저런 글을 올린 걸까? 아니면 혼술은 부끄러워서 같이 먹을 사람이 필요해서인가? 여러 생각들이 머릿속을 스쳐갔다.

어떠한 말로 정확하게 설명할 수는 없겠지만, 그의 마음을 짐작할 수 있겠더라. 지금 많이 외로워서 그런 게 아닐까. 한 주류회사 광고에서 이런 문구를 스치듯 본 적이 있다.

"나의 외로움은 오늘도 술로 달랜다."

정확히 맞는 말은 아니지만 또 그렇다고 틀린 말도 아닌 것 같다고 생각한다. 사실 사람들이 알코올 중독자가 아닌 이상, 단순히 술만 찾는 건 아닐 테다. 평소 같으면 낯간지러워 꺼내지 못할 속마음을 술기운에 힘입어 털어 놓고 싶어서 그런 걸지도 모른다.

반대로 생각하면 그간 얼마나 마음이 상처

로 곪았기에, 꼭 알코올로 소독을 해야, 그 마음을 표현하고 위로를 받을 수 있는 걸까.

주변에 술을 마시지 않는 친구들이 몇 명 있다. 그 친구들에게 너는 언제 가장 술을 마시고 싶으냐고 물으니, 내 자신을 내려놓고 온전히 쉬고 싶을 때, 외로움이 극에 달할 때라고 대답했다. 만약 그럴 때 어떻게 하냐고까지 물어보려 했지만, 친구도 꼭 술이 아닌 자신만의 방법으로 외로움을 달랠 것이라고 생각하기에 더는 묻지 않았다.

외로움은 마음의 짐이다. 저마다 살아가면서 마음 속에 돌덩어리 하나쯤은 안고 살아간다. 그것이 작은 돌멩이든 큰 바위든 나에게 무거운 존재인 건 변하지 않는다. 돌멩이가 쌓이면 바위보다 무겁기도 할 테고, 바위가 쪼개지면 돌멩이가 되기도 하니까.

감히 말하건대 외로움이란 그늘이 당장 내 눈앞에 다가올 때면, 나를 집어 삼킬까봐 겁을 먹고 피하고, 외면하려고 하기보다는 직접 마주치고 부딪혀 봐야 얼마나 그 무게가 무거운지 실감할 수 있다.

사실 내가 감당할 수 있을 만한, 아니면 내가 딛고 일어설 수 있는 그런 감정일 수도 있다.

나는 외로움이 정말 많은 사람입니다. 늘 살아가는
일상이 외로움 속이라, 손만 뻗어도 그리움들이라,
그것을 매일 마주하면서도 언제나 새롭게 힘들어하
고 허덕이는 사람입니다.

이런 나같은 사람도 그런 문제들이 다가올 때면, 피
하지 않고 직면합니다. 물론 매번 아등바등 버티면서
말이죠.

조금 더 외로움에 익숙해지고,
그 외로움이 하루빨리 무뎌졌으면 합니다.

혹시 나를 힘들게 하는 그런 감정들에 가려져,

행복을 미처 발견하지 못한 건 아닐까요.

손만 뻗으면 행복이 놓여 있으면 좋겠습니다.

외로움을 쉽게 찾았던 것처럼,

행복도 우리 곁에 가까이 머물러 있지 않을까요.

고개를 한 번 돌려보면 온통 따뜻함 속인데

그걸 미처 모르고 그늘에 가려져

살아왔던 것처럼 말이에요.

딱 그 정도

데이트를 하고 있는 연인들의 대화를 엿들을
때면 종종 이런 말을 들을 수 있다.

"나 얼마나 좋아해?"

자신을 얼마나 사랑하는지, 또 얼마나 보고
싶었는지에 대해 묻는다. 그럴 때마다 물음을
들은 당사자는 어떤 말을 해야 연인이 만족할
지 깊은 생각에 잠기게 되는 것 같다. 영화 속
대사처럼 "우주 만큼 널 사랑해."라는 말은 너
무 진부하고 와닿지가 않으니까. 과연 어떤 말
을 해야 좋을까. 가장 멋들어지는 대답을 찾는

것은 나에게도 언제나 심도 깊은 고민거리 중 하나다.

한번은 연인이 친구와 여행을 떠난 적이 있다. 여행지는 거리가 상당한 타국이었는데 그 나라의 통신 기지국이 문제인지, 어떤 날에는 휴대용 무선망 상태가 열악해서 하루 반나절 동안 연락이 되지 않았다. 평소에 잘만 되던 연락이 해외에 가자마자 불통이 됐으니, 알 수 없는 불안감은 시간이 지날수록 점점 고조되었다. 평소 같으면 하지도 않을 걱정을 하기 시작했다. 치안이 좋지 않았던 나라였기에 혹시 무슨 일이 생긴 건 아닐까, 머릿속에서는 이상한 상상들이 떠돌아다녔다.

그날 늦은 새벽이 다 돼서야 연락이 닿을 수 있었다. 하필 여행지에서는 호텔 와이파이를 비롯해 모든 통신이 작동이 안 되었다고 했다. 목소리를 들으니 안도감이 번져 왔다. 늦은 새벽,

통화하는 내내 목소리가 평소보다 다급하고 톤이 높았던 모양이었는지, 연인은 미안한 어투로 그렇게 걱정했냐며, 자신이 얼마나 보고 싶었느냐고 물었다.

갑작스런 그녀의 물음에, 짧은 일말의 생각조차 없이 곧장 대답했다.

"오늘 하루 종일 눈 떠 있는 시간 정도. 걱정되고 보고 싶었어."

반갑습니다

우연한 기회로 독자들과 식사하는 자리가 생겼다. 모임 장소에 모인 인원은 열댓 명 정도였다. 만나는 장소부터 일정까지 세세하게 직접 신경을 쏟았다. 일주일 전부터 카페와 식당을 예약했고, 며칠 전에는 미리 답사까지 해 가며 동선을 파악하기도 했다.

처음 독자들과 대면하는 자리. 사인회나 북토크 같은 것들이 아닌, 인간적으로 친구가 되어 가는 자리이니 만큼 독자들에게 어떻게 다가가야 할지 깊은 고민에 빠졌다.

나이대는 정말로 다양했다. 친동생보다 어린 독자도 있었고, 나보다 나이가 많은 독자도 있었다. 정말로 이런 기회가 아니라면 살아가면서 좀처럼 만날 수 없는 사람들이 모인 것이다. 사실 준비하면서 이 자리가 너무 부담이 됐던 터라, 도망치고 싶을 때도 있었다. 그럴 때마다 복잡한 마음을 가다듬으며 며칠 내내 긴장한 채로 약속 날짜를 기다렸다.

약속 당일, 정시에 시간을 맞춰 카페로 향했다. 그러나 예상치 못한 난관에 부딪혔다. 일주일 전부터 카페 측에 연락을 해서 자리를 예약했었는데, 아니나 다를까, 예약이 누락되었다면서 단체석 자리에 앉을 수 없다고 했다. 그렇게 각별히 신경을 써 달라고 누누이 부탁드렸는데, 무책임하게 나 몰라라 하는 카페 측에 화가 났다. 잘못을 짚고 가고 싶은 마음이 굴뚝 같았지만, 약속 시간은 다가왔고 당장 다른 카페를 찾아야만 했기에 황급히 발걸음을 옮겼다. 머릿속이 하얘진다는 게 정말 이럴 때 쓰는 표현인가 싶었다.

"어디를 가야 하지?"

걸음을 옮기는 도중 카페 정문에서 독자 두 분을 마주치게 됐다. 자초지종을 설명하고 자리를 옮겨야겠다고 전했다. 제대로 인사말을 건네지도 못한 채, 한 독자님에게 장소를 찾을 테니 잠시 이곳에서 다른 독자분들과 기다려 주시면 좋겠다고 말을 전했다. 그렇게 나는 만남의 기쁨을 잠시 뒤로하고 뛰어다녀야만 했다. 주말 인파가 들끓는 마포구에는 당연히 어딜 가든 카페 자리가 만석이었다. 거짓말 하나 안 보태고 열 곳 정도의 카페를 들락날락했던 것 같다. 모든 계획이 엎질러질 수 있는 상황, 정말 아찔했던 순간이어서 나도 모르게 긴장하게 됐다. 구두를 신었는데 뒤꿈치가 까지는 것도 모를 정도였으니 말이다.

정말 이곳이 마지막이라고 생각하고 예전에 방문했던 기억이 있는 카페로 향했다. 입구를 여는 순간, 테이블 세 개를 정리하고 있는 종업원의 모습이 보였다.

"저기 혹시 이 테이블들을 붙여서 열 명 정도 앉을 수 있을까요?"
"네, 그럼요. 조금만 기다려 주세요."

짐을 풀고 밖으로 다시 나가 독자님들 모두 카페로 모셔 왔다. 음료를 시키고, 한숨을 돌렸다. 그제야 한 분 한 분과 눈을 마주칠 수 있었다. "밖에서 기다리시느라 추우셨죠?"라는 어색한 인사말을 건넸다. 혹시 밖에서 발을 동동 구르며 추위에 떤 건 아닌지 그게 너무 걱정되었다.

그렇게 몇 마디 대화를 나누는 동안, 내가 독자분들을 걱정한 마음처럼 그들 또한 나를 걱정했다는 것을 느꼈다. 내가 감기에 걸릴까 봐 걱정을 한 눈치였다. 무척 추웠던 날씨였는데, 하도 뛰어다녔던 터라 이마엔 땀방울이 흥건했다. 방금 샤워를 하고 머리를 말리지 않은 사람처럼 말이다. 나를 걱정해 주시는 그 눈빛들이 조금은 민망하기까지 했다. 화장실로 들어가 세수를 하고 머리를 말리고 정돈을 했는데도, 주체가 안 되어서 그냥 있는 그대로 자연스럽게 나왔다.

멋을 포기해버린 상태에서, 간단한 티타임이 시작되었다. 내가 독자분들에게, 독자분들이 나에게 준비한 선물들을 서로 교환하고, 한 분 한 분 자기소개를 하며 이런저런 많은 이야기를 나눴다. 독자분들과 대화를 하면서 느꼈다. 이곳의 어느 누구든 생각이 모두 참 깊다고. 깊은 와중에 상대방을 배려하는 면까지 보였다. 번뜩 머릿속이 찌릿했다. 팔이 저리다 못해 전기가 통하는 기분이었다. 그날 그 자리에

는 세상에서 가장 순백한 사람들만 모인 것 같
았다.

저녁은 미리 예약했던 가게에서 식사를 했
다. 식사를 하면서 한껏 더 가까워졌다. 모두
기분 좋게 흥이 오른 상태였고, 다행히 모두 즐
거워 보였다. 서로 다른 시간을 살아왔던 사람
들이 같은 시간을 보내고 같은 분위기를 나누
는 오늘. 오늘이 가기 전에 당신들은 이 느낌에
대해 과연 어떻게 생각하는지에 대하여 듣고
싶었다.

"당신들은 왜 이리도 천사 같으신가요?"라
는 듣기 좋은 말을 내 식대로 길게 풀어서 독자
들에게 물었다.

나의 물음에 가장 나이가 어린 앳된 독자가
대답했다.

"작가님, 사람의 성격이 주변인의 영향도 많

이 있다고 하더라고요. 아마 오늘 제 주변인들의 성격이 좋아서 그렇지 않을까라고 생각합니다."

그의 말을 듣자, 머리가 아닌 가슴이 한 번 더 찌릿했다. 이 어린 친구 입에서 이런 멋스러운 말이 나온다는 사실에 놀랐고. 다른 독자들도 가장 적절한 비유인 것 같고 공감한다고 했다. 그 자리에 있는 모두가 그 친구에게 아낌없는 찬사를 보냈다.

독자들과의 만남을 마치고 집으로 돌아가는 차 안에서도 괜스레 그의 말이 맴돌았다. '사람의 성격이 주변인의 영향도 많이 있다.' 생각해 보니 썩 틀린 말은 아닌 것 같다는 생각이 들었다. 다른 이들이 나를 바라봤을 때, 나도 언제나 누군가에게 좋은 주변인으로 남고 싶다는 생각을 하곤 한다.

여러 사람들과 어울리는 자리에서는 나의

장단점뿐만 아니라 타인의 장단점까지 확인할
수 있다. 늘 살아가면서 배울 점과 깨달음은 몸
에 익혀야 할 정도로 습관이 되어야 한다고 생
각한다.

아무리 나이가 많든 적든, 그 나이를 잣대로
사람을 바라보고 싶지 않다. 나이가 어리다고
어린 사람의 말을 귀담아 듣지 않고 무심하게
생각하는 사람만큼 모진 사람이 어디 있을까.

그리고 다시 한번 그때 그 상황을 생각하며
나 자신을 돌아보았다. 스스로 나의 부족한 점
을 복기하는 것도 실수의 연장선이라 생각한다.
또 이전과 같은 실수를 범하지 않기 위해서라
면 말이다. 다른 이에게 좋은 주변인이 되기 위
해, 포용할 수 있을만한 따뜻한 내면을 지니기
위해, 조금만 더 노력한다면 세상은 보다 아름
다운 모습으로 내게 다가오지 않을까.

처음 서는 자리

인생을 살아가면서 내게 주어진 기회를 잡을 수 있는 순간은 과연 얼마나 될까?

보통 지나고 나면 후회를 하고 아쉬움과 탄식을 자아낸다면, 그것을 과연 기회라고 말할 수 있을까.

몇 해 전 은사님의 추천으로 우연히 강연을 할 수 있는 자리가 생겼었다. 바로 한 달 뒤에 강연을 해야 하는 상황이 생긴 것이다. 처음엔 너무 뜬구름 잡는 일이라고 판단해, 고사하기도 했나. 강연자는 어리숙할 게 뻔할 테고, 그

걸 지켜보는 청강생들이 있다면 그들에게 벌써부터 미안해서였다.

연사가 된다는 건, 능히 말주변과 예상치 못한 상황에서도 임기응변이 특출해야 가능하다고 생각한다. 실은 예전부터 즐겨 보는 강연 프로그램이 하나 있다. '세상을 바꾸는 시간, 15분'이라는 한 방송 프로그램인데, 방송 소개에는 TED 형식의 한국형 미니 프레젠테이션 강연 프로그램이라고 되어 있다. 이 프로그램에 나오는 연사들은 내가 보기에도 대단한 사람들이 분명하다. 화려한 스펙을 가졌거나, 산전수전 다 겪으면서 지금의 위치까지 오른 사람들. 또한 그들에게 있어서 말주변과 재간은 덤이다. 그런 그들이 이 시대의 힘든 청춘, 장년들에게 주는 메시지는 나에게도 큰 힘이 되기도 했다.

그 현장의 뜨거움과 진중함을 예전부터 익히 잘 알고 있고, 내가 강연자가 된다면 그런 식의 강연이 되어야 할 것만 같아서 부담감은 생각보다 나를 크게 짓눌렀다.

　나는 스스로의 만족을 무척이나 중요시하는 편이기에, 최선을 통하여 완벽을 추구하는 성격이다. 이런 내게 갑작스런 강연 제의는 나의 스펙에 한 줄을 더 쓸 수 있는지 없는지와 같은 단순한 문제가 아니었다. 내 딴에서는 거절을 해야만 하는 여러 이유를 말씀드렸다.

　"이번엔 시간도 시간인지라 어려울 거 같아요."
　"제가 이런 쪽에서는 많이 부족하고 미숙한 거 같아서…"
　"만약 다음에 기회를 또 주신다면, 그때는 준비를 많이 해서 오겠습니다."

　나를 생각해서 제안해 주신 따뜻한 마음에 흠집을 내는 걸 원치 않아 거절도 어렵사리 재차 말씀 드렸다.

"민석아, 어떤 이유 때문에 망설이는 거야?"

은사님은 알 수 없는 생각에 잠긴 듯한 표정으로 물었다. 우리 둘 사이에선 한동안 짧은 침묵이 흘렀다. 그리고 은사님은 내게 다시 말을 건넸다.

"편하게 생각하고 해도 돼. 실수하면 뭐 어떠니. 그리고 아직 시작도 안 했는데 벌써부터 실수하면 어쩌지 하는 생각에 얽매이는 건 아니지?"

은사님의 말은 내 가슴에 그렇게, 비수 아닌 비수를 꽂아버렸다. 사실 벌써부터 지레 겁먹고 이 상황만 벗어나자는 생각뿐이었다. '만약 도중에 준비했던 말을 까먹으면 어떡하지?' '반응이 냉담하면 어떡하지?' 라는 생각과 함께.

이미 타인에게 속마음의 허가 찔려 자존심

도 긁힌 터, 은사님도 이렇게까지 말씀하시는데 까짓것 경험이라 생각하고 감사한 마음으로 승낙하였다. 허나 막상 하겠다고는 말씀드렸지만, 정말 막막했다. 그리고 한 달 동안 강연 준비로 밤을 지새웠던 것 같다. 시간은 정말 눈 깜짝할 사이 흘러갔고, 강단에 처음 서는 날이었다. 그 당시 내 자신의 모습을 표현한다면 '현실'이라고 할 수 있겠다.

내가 상상했던 드라마 속, 영화 속의 연사와 같은 모습과는 다르게 턱없이 부족했다고 스스로 고백한다. 처음엔 생각보다 많은 청강생들로 인해 당황했고, 준비한 대본을 거의 펴 놓고 읽다시피했다. 그 와중에 땀은 얼마나 나고, 목은 얼마나 타던지 매 순간 긴장의 연속이었다. 강연을 끝까지 지켜보신 어머니는 잘했다고 말하셨지만, 한참 지난 그때의 모습을 다시 생각해 봐도 아직도 얼굴이 화끈거린다.

그래도 속은 후련했다. 한 달 동안 온 신경

을 강연에 쏟았던 터라, 내일은 푹 잘 수 있겠구나 싶었다. 그리고 시간이 어느 정도 흐른 지금에 와서 생각해 보면 나는 그때 내게 온 기회를 잡은 것이라고 생각한다. 돈 주고도 살 수 없는 추억거리가 하나 늘었다면, 그걸로 족한 게 아닌가. 만약 다음에 또 그런 자리가 생긴다면, 적어도 예전처럼 긴장하며 벌벌 떠는 일은 줄어들지 않을까? 이전에 한 번 이미 넘어지고 무릎이 깨져 봤으니까.

늘 모든 일은 처음이 어려운 것 같다. 처음이니까 무섭고 두렵고 겁나고. 그런데 처음이니까 또 설레고 새롭다. 처음 이 순간만 잘 보낸다면야 두 번째, 세 번째는 어렵지 않을 것이다. 자꾸 경험하고 부딪히고 깨져봐야 더 단단해진다고 생각한다. 그리고 아직 일어나지 않은 일 때문에 덜컥 겁먹을 필요 또한 없다. 미리 걱정하면서 아파하지 않으려고 한다. 모든 일은 그때 가서 대처해도 늦지 않는다. 상상 속의 생각으로 인해 현실을 도피하는 것만큼 안타까운 것이 어디 있을까 싶다. 어떠한 상황 속에서도 조금 더 의연하게 대처하는 자세가 필요하다고 매 순간 절감한다.

아마 처음 서는 자리는 능숙하지 못해서 그 자리가 더 빛날 수 있다. 다음엔 더 잘할 일만 남았기에. 분명 그러할 테니까.

네가 우니깐

결국 끝에 다다른 것을 아는 사랑이 눈앞에 있다면 과연 어떤 기분일까? 과연 어떠한 형용사로도 표현하기 어려울 테다.

　사랑하는 마음이 닳고 닳아 이젠 정마저도 사라져 가는 그런 사랑. 즐겨 찾던 밥집에 가서 맛있는 밥을 먹어도 속은 더부룩하기만 하고, 분위기 좋은 카페로 자리를 옮겨도 사진 한 장 찍고자 하는 마음마저 들지 않고, 그렇게 당신과 나 사이의 간격은 이제 좁힐 수 없을 정도로 멀어졌다.

당신에게 이별을 통보받았다. 만나는 동안 정확히 세 번, 헤어짐을 통보받았고 두 번을 헤어졌다. 지금이 그 두 번째 헤어진 상황이다. 처음 헤어졌을 때만 해도 너무 힘들었다. 그 당시 나는 당신을 잊지 못하였지만, 당신은 날 잊으려 했다. 나는 당신을 아직 지우기 싫었고 당신은 이미 나를 지워버렸다. 많이 아팠고 아픈 만큼 아직 좋아했다.

당신도 그랬을까? 어느 날 당신과 대화를 했다. 하나하나 서운했던 부분을 이야기했고, 성격부터 반대였던 둘은, 조금씩 양보할 건 양보하고 서로 노력하기로 했다. 그리고 당신과 다시 사랑을 이어갔다. 아마 살얼음판을 걸었던 것일 수도 있겠다. 그렇게 일 년이란 시간이 흐르고 당신에게 두 번째 헤어짐을 통보받았다.

처음 헤어졌을 때만 해도 너무 힘들었는데, 이제는 그렇지가 않다. 덤덤했다. 이미 오래전부터 이 순간을 예상해 왔고 받아들일 준비가 되었던 것 같다. 그래서 조금만 아팠다. 그렇게 일상을 보내며 여느 때처럼 평범하게 시간을 흘러 보냈다. 당신과 두 번째 이별을 맞이하고 한 달 정도의 시간이 흘렀다.

어느 날 문득 지인에게서 당신의 소식을 들었다. 당신에게 좋지 못한 일이 생겨서 힘들어하고 있다는 소식이었다. 이왕 들릴 소식이라면 좋은 소식이 들리지, 하필이면 안 좋은 소식이 나며 걱정 뒤엔 화도 났다. 함께한 시간이 오래였던 만큼, 어딜 가도 당신의 소식은 늘상 들려왔지만 이번엔 달랐다.

나는 당신을 알고 있다. 지금 당신은 많이 외롭고 힘들고 마음으로 울고 있다는 것을. 헤어지고 연락을 하고 싶을 때마다 꾹 참고 휴대폰을 꺼놓기도 했었는데, 그날 당일엔 과음을 했다. 그리고 취기에 힘입어 당신에게 전화를 했다. 신호음이 두 번 정도 울렸고 당신의 목소리를 듣자, 많이 힘들어 하는 모습이 선명했다. 그렇게 좀처럼 깨지 않던 술은 단숨에 깼고, 세 시간 가량을 통화했다. 지난날 내가 힘들었던 순간에 옆을 지켜 줬던 당신이라, 나도 당신이 힘든 순간을 그냥 모른 체할 수는 없었다.

만남을 약속했고, 만나서 마저 이야기를 나누자고 했다. 당신도 알겠다고 했고, 그렇게 한 달 만에 당신을 만났다. 여전히 예뻤지만, 많이 힘들어 보이고 지쳐 보였다. 나는 당신에게 말했다. 눈이 너무 슬퍼 보인다고. 그러자 당신은 그렇게 보이냐고 물었다. 그렇게 세 번 정도를 더 만났다. 만나서 영화를 보고 밥을 먹고 카페를 갔다. 마음이 편치만은 않았다.

그토록 보고 싶었던 당신이었는데, 지금 당신과 내가 무슨 관계인지 도통 알 수가 없었다. 물론 당신도 그렇다고 했다. 만나면 만날수록 정리해야 할 것만 같은 느낌이 들었다. 마지막 데이트라고 생각하면서 만나도 다음을 기약했고, 그 다음이 계속 반복되곤 했다. 언젠가는 당신과 새벽 늦게 만난 날이 있었다.

　나는 이미 약속 장소에 도착을 한 상황이었고, 당신은 늦은 시간에 택시를 타고 오는 길이었다. 오늘 당신과 만난다면 정말로 이별이란 단어를 내가 뱉을 것이라고 다짐했다. 어렵지만 속마음을 전하려 했다. 그래야 될 것만 같아서. 당신을 만났고, 당신은 안색이 좋지 않았다. 신경 쓰지 않으려 했다. 괜스레 마음만 약해질 것 같아서. 당신의 안색이 좋지 않은 이유는 두 번째 묻기로 하고 본론부터 바로 이야기했다.

　둘의 이야기는 이제서야 끝이 보였다. 우리는 마지막을 향해 다다르고 있었다. 이내 왜 그렇게 안색이 좋지 못하냐고 당신에게 물었다. 그러자 당신도 나와 같은 생각이었다고 했다.

오늘의 만남이 정말 마지막일 것 같다는 느낌이 들었다고 했다. 당신도 나처럼 우리 사이의 마지막 매듭을 지을 생각이었다고 했다. 그렇게 그런 쓰린 생각들을 머금고 택시를 탔는데, 오는 내내 둘이 함께 했던 추억들이 주마등처럼 계속해서 스쳐지나갔다고 했다. 만남 이후에 현실을 받아들이기가 무서웠다고 했다. 당신은 그렇게 울먹거리면서 말끝을 살짝 흐리며 내게 말했다. 그러다 갑자기 주저앉아 서글프게 울었다.

당신의 눈물을 보는 순간, 온몸에 힘이 풀렸다. 두 다리로 걸을 수 없을 정도로, 멍했다. 마음이 아팠다. 나는 아직 당신을 사랑한다. 그 눈물은 나이고, 눈물의 책임도 나이기에, 이 모든 게 내 탓인 것만 같았다.

연인이 만났다가 헤어짐을 반복하는 것. 그 일을 몇 번이나 경험했지만, 여전히 온전하게 이해하기는 어렵다. 그렇지만 그 사랑에 아직

작은 불씨가 남아 있다면, 바람 한 번 불어오면 다시 타오르게 될 사랑이라면, 그 짧은 헤어짐과 서로의 빈자리를 느끼는 것이 거쳐야 할 과정이라면, 그간 못난 마음들을 비우고, 충분히 아파하고, 울면서 그 시기를 겸허히 받아들이려 한다.

누군가 그랬던가. 만남과 헤어짐을 지속적으로 반복하면 할수록 둘의 사랑은 더 진하게 스며든다고.

아직 잘 모르겠다. 다시 세 번째 이별을 맞이하고, 우리에게 네 번째 이별이 없더라도 나는 단지 오늘 당신을 사랑하니까.

솔직하게 이 마음을 충분히 누려야겠다.

복선

몇 번의 헤어짐과 만남의 반복.

그렇게 세 번째 이별을 맞이했고
우린 또 다시 서로에게 멀어졌다.

나는 이제 당신과의 사랑을 믿지 못하겠다.
당신이 말하는 사랑이 서글프다.
사랑이란 무엇일까.

쓰다.
쓰리다.

당신과의 사랑은
소중하게 다루며 평생을 보살필 줄 알았다.

아마 당신과의
네 번째 이별은 없을 테다.

우리의 길고 긴 사랑의 여정은
모두 소멸되었다.

많이 솔직해도 됩니다

일 년에 속상한 일은 과연 얼마나 될까?

아마 일상을 살아가면서 그러한 감정은 하나하나 셀 수 없을 정도로 많을 텐데, 문득 그럴 때마다 어떻게 감정을 표출했는지 궁금해진다.

그렇다면 행복한 일은 또 얼마나 많을까? '행복함'이라는 감정을 표출하는 건 속상함을 표출하는 것보다 한결 쉽지 않을까.

보통 행복할 때는 입꼬리가 쓰윽 올라갈 테고, 그 행복함을 웃음으로 표현하기 어렵진 않

을 텐데 말이다. 하지만 솔직하게 슬픔을 표현
하는 건 언제나 더디다. 행복함이 몰려왔을 때
그 기쁨을 타인에게 나누는 것처럼, 슬플 때 그
울적함을 타인에게 털어놔야 느껴지는 우울감
도 떨쳐 낼 수 있을 텐데 말이다. 애석한 사실
이지만, "나 지금 슬프다."고 당당히 말하기가
참 어렵다.

행복을 편애하지 않았으면 한다.

슬픔마저도 사랑해 주고 슬픔 역시 감정의
한 부분으로 인정했으면 한다. 행복에 미소가
있는 것처럼 슬픔의 눈물 또한 언제나 필요하다.

슬픔을 마주할 일이 생길 때면

오로지 슬픔만 느끼셨으면 합니다.

일부러 행복한 것,

행복한 척을 하지 않았으면 합니다.

어떠한 감정이라도 표현하는 것은 중요합니다.

그 작은 슬픔을 마음속에 지니고 놔두게 된다면,

점점 극대화가 되어 더 큰 슬픔을

마주하지 않을까요.

우리가 배고프면 밥을 먹듯이,

기쁘면 웃듯이,

슬프면 당연하게 울 줄도 알아야 됩니다.

그래야 마음의 병이 생기지 않습니다.

흉터

몇 해 전 당신과 여행을 떠났다. 나와 당신은
꽤 먼 곳으로 향했다. 비행기로 네 시간은 족히
가야 하는 거리였고, 출국하는 날에 한국의 계
절은 겨울이었다. 우린 그렇게 정반대의 계절인
여름을 향해 떠났다.

당연히 날씨는 더웠다. 더군다나 열대지방
이기 때문에 습하기까지 했다. 보통 여행이라
하면 여러 지역을 돌아다니면서 그곳의 문화를
체험하고 그 나라를 알아가는 재미가 크지만,
이번 여행에선 그런 것에 의의를 두지 않고 오
로지 휴양을 목적으로 떠났다. 사실 지난날의

여행을 돌아보자면, 수영을 하고 휴양을 하는 여행보다는, 배낭 하나 메고 이곳저곳 돌아다니는 게 더 재밌었기 때문일지도 모르겠다.

호텔 앞에는 큰 풀과 해변 비치가 있었다. 그리고 꽤 길었던 워터슬라이드도 있었다. 길이가 짧은 미끄럼틀 하나와 길이가 상당히 긴 미끄럼틀 하나가 있었는데, 당신은 무섭다며 한두 번 타고는 더 이상 미끄럼틀에 오르지 않았다.

하지만 반대로 나는 어린아이처럼 더욱 신나게 미끄럼틀을 타기 시작했다. 미끄럼틀을 대기하면서 만났던 한 한국 어린 아이가 내게 말을 걸어왔다.

"삼촌, 반대로 누워서 타 봐요! 그게 더 재밌어요!"

그렇게 아이들 틈 속에서 스스럼 없이 열심

히 미끄럼틀을 탔다.

짜릿한 걸 넘어서 무서울 정도였다. 자칫하면 '이 반원 안에서 튕겨나가 밖으로 떨어지면 어떡하지?'라고 생각이 들 정도였다. 체중이 좀 나가는 편이라, 한번은 아이 말처럼 누워서 타다가 진짜로 튕겨나갈 뻔 했다. 그래서 스스로 속도를 낮추려고 손바닥을 짚으며 내려갔는데, 그때 날카로운 부분에 손이 긁혔고, 손에 깊은 상처가 생겼다.

오른손 엄지손가락에 생긴 상처인데, 상처가 꽤 깊어서 피도 상당히 많이 났고, 상처 부위의 흰 속살이 보일 정도였다. 그때 당시 응급처치를 제대로 하지 못해서 흉터가 생길까 걱정이 됐다.

나는 당신에게 말을 건넸다.

"이 상처는 분명 흉터로 남게 될 것 같아."

짧은 말이었지만 내게 있어서는 다소 묵직한 말이었다. 만약 당신과 내가 '우리'라는 표현이 아닌, 남이 되고 서로를 모른 체하는 날이 다가올 때면, 그리고 내가 이 흉터를 보게 될 때면, 계속 당신이 생각날 텐데 어떻게 해야 할까.

그때 생긴 흉터는 여전히 남아 있다.

갈수록 흐릿해질 뿐, 여전히 내 오른손 엄지에 있다. 어쩌면 이게 당신과 함께한 시절의 증표가 되지 않을까.

하지만 이 흉터도 서서히 옅어지면서, 옅어지는 만큼 나도 당신을 잊어갈 수 있지 않을까.

사랑이 그렇다. 둘 사이의 만남이 많아지고 애정도가 깊어질 때가 있으면 만남이 줄어들 때도 있으며, 애정은 시시히 식어 기곤 한다. 그러다 다시 가슴이 설레서 사랑을 이어갈 수도 있지만, 그 사랑이 끝나버릴 수도 있는 것이다.

난 그런 사랑을 질타하고 싶지 않다. 사랑이란 감정 만큼 지극히 솔직한 마음도 없기 때문이다. 당신과 내가 살아 숨쉬는 지금 이 시간이 어찌되었든 간에, 우린 서로에게 매 순간 솔직했던 것뿐이니까.

한때는 평생의 사랑을 약속하듯 우린 함께 노래를 부르기도 했고, 다른 어떤 날에는 완벽하게 다른 시간을 살아왔던 사람처럼 서로를 이해하지 못하고 등을 돌렸다.

흉터가 조금은, 아주 조금은 오랫동안 남아 있어도 괜찮겠다는 생각이다. 아직은 덜컥 당신을 지우기엔 내 마음이 너무 소란스러우니 말이다.

당신은 한때 나의 별이었고,

나는 그런 당신에게 우주가 되고 싶었다.

우린, 잠깐 눈을 감고 여행을 다녀온 거다.

행복은

종종 독자들에게 전자 우편으로 이런 메시지를 받곤 한다.

주변 또래들이나 친구들을 보면 다들 제 갈 길 찾아서 또 원하는 걸 찾아서 열심히 노력하고, 그걸 이루어 가는 게 보이는데, 자신만 제자리에 멈춰 서 있는 것 같다는 물음.

앞으로 어떻게 살아야 할지, 미래에 어떤 일을 해야 할지, 지금 당장 무엇을 해야할 지도 모르겠는데, 남들은 늘 나보다 앞서가는 것 같다는 그런 이야기들.

사실 얼굴 한 번 보지 못하고, 한마디 대화조차 나누지 못한 어떤 사람의 힘듦의 깊이를 모두 헤아릴 수 없기에, 이런 메일을 받을 때면 늘 곤혹스럽기 짝이 없다.

물론 나라고 해서 이러한 고민과 걱정을 안 한 것은 아니다. 내가 가지지 못한 것을 가진 사람들을 부러워했다. 나의 현재가 아닌 다른 이의 현재에 집중했고, 나라는 사람보다 다른 사람의 인생에 더 의미를 뒀다. 하지만 금방 그것이 나를 깎아내리는 일이라는 것을 깨달았다.

모든 불행은 다른 사람과의 비교로부터 출발한다. 사람들은 늘 행복을 좇으며 살아가지만, 스스로 불행해지는 길을 택하기 십상이다.

물론 다른 성공한 이의 삶을 보면서 자극받는 것, 그로 인해 동기부여가 되는 것은 좋은 현상이다.

하지만 내가 가지지 못한 것에만 집중한다면 내가 갖고 있는 현재의 것에 감사할 수 없게 되고, 다른 이의 성취에 집중하면 내가 이룬 현재의 성과에 만족할 수 없게 된다.

내 삶의 중심에 들어와 있는 '다른 사람' 대신 그 자리에 내가 서게 되면, 삶을 대하는 관점이 조금은 바뀌는 것을 경험할 수 있지 않을까.

타인과 자신을 비교한다면 그 안에서 성장과 발전도 있을 테지만, 더 많은 경우에 상처받고 좌절하게 될 것이다. 비교라는 것은 언제나 우위를 점치기 때문에 내게 있어 절대로 '좋은 영향'을 주지 못한다.

결국 본인의 삶을 사랑해야 행복해진다는 것. 낮은 밝고 밤은 어둡다는 당연한 사실처럼 너무나 명확하고 당연한 이야기지만, 많은 사람들이 이것을 놓치고 살아가는 건 아닐까. 슬픈 마음이 들기도 한다.

결국 자기 자신이 주체가 되어야 한다는 말
을 부디 전하고 싶다. 가장 당연한 것 같지만
당연하게 받아들여지지 않는 사실들.

우린 가끔 너무 당연한 것들을 놓치고 살면
서 먼 곳에서 행복을 찾고 있는 것은 아닌지.

2부

한 발자국 물러설 때에

차를 타고 좁은 골목길을 지난 적이 있었다. 길이 너무도 좁아 반대편에서 차가 온다면, 어느 한쪽이 다시 뒤로 물러서거나 비켜 주어야 하는 길이었다. 길을 지나가는 동안 다행히도 다른 차를 만나는 일은 없던 터라, 왔던 길을 후진해 빠져나가야 하는 번거로움은 모면할 수 있었다. 하지만 반대편에서 툭 튀어나온 차와 마주쳤더라면 어떻게 했을까?

누가 먼저 가야 하는지, 그 잘잘못을 따져 가며 당신이 후진을 하라고 말을 건넸을까, 아니면 내가 먼저 왔던 길을 돌아갔을까.

우리는 살아가면서 자의든 타의든 사람과 관계를 맺는다. 그리고 자연스레 그 속에서 서운함과 실망감이 생길 테고 거리를 두고 멀어짐을 느끼기도 할 테다. 만약 타인에게 어느 일정한 정도의 마음을 주는 것에 비해 타인은 나에게 그 정도의 마음을 준다고 느껴지지 않을 때. 그 둘의 관계를 나만 노력하는 것 같다고 여길 수도 있다. 보통 그렇다면 이러한 관계에 있어서 어느 한쪽은 힘겨움을 느끼게 된다.

하지만 굳이 이런 힘겨움을 느낄 필요가 있을까? 결핍한 그 마음들을 스스로 덜어 내면 될 텐데 말이다. 언제나 마음 한편에 여유를 두는 것이 중요하다고 생각한다.

남들이 나에게 보이는 행실로 인해 실망하거나 상처받을 필요는 전혀 없다. 보다 쉽고 편하게 생각하면 마음이 다치지 않는다.

내가 양보하거나 혹은 내가 다가가거나, 마지막으론 내가 떠나가거나.

다름을 인정하는 것

사실 사랑이란 건 어떠한 말로도 풀어쓸 수 없는 단어다.

누군가를 사랑한다는 이유 하나만으로, 언제나 웃는 날만 있는 것은 아닐 것이다.

두 남녀가 사랑하는 동안 걸어갈 길은 마냥 순탄치만은 않을 게 분명하다. 싸우기도 많이 싸울테고, 서로가 없으면 죽고 못살 때도 많을 것이다. 서로를 자세히 이해하기 전엔 삐걱거리는 것이 당연하니까.

왜 이렇게 서운한 일은 많아지고 토라지는

일이 잦아지는지 조금만 생각해 보면 쉽게 알 수 있다. 두 사람은 지극히 다른 환경에서 자라 왔으며, 전혀 같은 사람이 아니기 때문이다. 그러하기에 연인 사이 관계의 출발점은 언제나 서로의 다름을 인정하는 것에서부터 시작된다.

다름을 인정하라는 말. 사실 말은 쉽다. 다만 인정한다는 말에 대한 진정성이 행동으로 이어질 때, 다름을 인정하는 것은 비로소 그 결실을 맺는다.

"당신의 모든 것을 존중할게."

즉, 당신이란 하나의 인격체를 온전히 포용하겠다는 생각을 품어야 한다. 그 다름을 인정하는 것이 조금 더 성숙되고 진한 농도를 갖는 사랑의 시작점이라고 생각한다.

조금 더 다르게 사랑하자. 사랑하는 마음은

무겁게, 미워하는 마음은 가볍게. 또 배려심은 언제나 깊게. 우린 서로에게 특별한 사람들이다.

그런 특별하고 소중한 사람들이 왜 평범하게 사랑하고 평범하게 이별을 맞이하려는가. 특별한 사람이 다른 특별한 사람을 만나는 자체만으로도 더없이 소중한 것이니까.

한 발자국 물러서서 상대방을 이해하도록 노력한다면 더없이 큰 사랑과 행복이 뒤따를 거라 믿는다.

당신에게 보내는 편지

사랑을 할 수 있음에 그저 감사하다.

사랑하는 마음도, 미워하는 마음도 여유를 두어야겠다. 안 좋은 마음을 조금 비워 내고, 좋은 마음만 채워야겠다.

다른 사람들은 종종 서운함도 표현해야 된다고 하지만, 이 마음을 표현하는 건 우리 사이에 득이 될 게 없다. 분명히 새겨야 할 것은 당신은 내가 아니고, 온전한 당신 그대로라는 것이다.

당신을 바꾸려하는 건 잘못이다. 당신. 자체
임을 인정하고 좋아하고 사랑해야 한다.

오늘은 사랑만 하기에도 부족한 시간이다.
사랑하는 마음만 표현하기에도 아쉬운 것이 만
남이다.

거절의 의미

언제나 마음을 표현하는 것은 어렵다.

타인에게 '싫어함'이라는 의사를 밝히는 것
은 더욱 그렇다. 왜 그럴까. 나는 나로 태어났고,
나는 나로 자라 왔는데. 나는 말을 아끼게 되
고, 나보다 상대방의 기분을 더 걱정하게 됐다.

아마도 지금은 거절하기 어려운 세상일 수
도 있겠다고. 아마 당연한 의사 표현이 지워진
사회일 수도 있겠다고. 생각하며 내 목소리에
귀 기울이지 않는다면, 결국 상처받는 건 나 자
신뿐이다.

조금 더 내 목소리에 힘을 싣고, 큰 목소리로 말하고 싶다. 거절은 절대로 부끄러운 것이 아니고, 전혀 미안해하지 않아도 된다고.

깊은 마음

나는 늘 후회를 달고 사는 사람이다.

　하루를 마치고 집으로 돌아오면, 어느 순간 깊이 생각에 잠긴다. 보통 오늘 하루를 돌아보게 되는데,

　'아, 그땐 이렇게 할 걸.'
　'아…… 조금만 더.'

　아쉬움과 탄식을 불러일으킨다. 사람들을 만나고 이야기를 나누는 자리를 보내고 난 뒤라면 이런 생각은 더해진다.

지금 나와 웃고 떠들며 내 눈앞에 있는 사람이, 만약 나의 언행으로 인해 기분이 크게 상했더라도, 전혀 내색하지 않는다면 나는 모를 수밖에 없다. 다들 가면을 쓰면서 사람을 마주보고 대면하지 않는가. 그래서 늘 조심스럽다.

내가 조금이라도 유하게 말을 건넨다면, 나에게 돌아오는 마음이나 한마디는 더 가득 차서 돌아올 것임을 알기에.

적당한 온도

늘 적당함이 좋다. 사랑도 우정도 주변에 대한 관심도 모든 것들이 말이다.

사랑에 대한 적당함. 말을 덧붙이자면, 어쩔 땐 마음을 조금 덜어 내는 것이 좋다.

어떤 날에는 서로를 위해서라면, 죽음조차 도 두렵지 않다는 말을 서슴없이 뱉을 수 있을 것이고, 또 다른 어떤 날에는 상대방에게 기대 가 가득 쌓였는데, 기대만큼 미치지 못해 실망 감이 뒤따를 수밖에 없다.

이런 사랑함과 서운함이 반복되는 것이 좋다. 감정의 선이 늘어났다 줄어들었다, 너무 팽팽하지도 느슨하지도 않게 되는 상태가 좋다.

너무 뜨겁게 타올라버린 사랑은 금방 식어 버린다. 설사 천천히 식더라도, 이미 한 번은 너무 뜨거웠기에. 온도가 서서히 차가워지더라도 그 뜨거움에 대한 아쉬움이 더해진다. 적당한 온도를 유지한 사랑만이 계속해서 은은하고 따스한 온기를 담아 내진 않을까.

사실 뜨거워도, 미지근하더라도, 이미 식어버렸더라도 사랑은 결국 사랑인데 말이야. 가끔 어떤 사람은 그걸 미처 모르고 간혹 제 힘으로 연인을 놓치기도 하더라.

독백

알 수 없는 우울함이 나를 집어삼켰을 때, 나의
지난날이 후회로 가득해 내 새벽을 들쑤시는지
모른다. 이 새벽을 너무 아프게도 말이다. 이
마음을 누군가에게 속시원히 털어놓을 수도 없
다. 어쩌면 누가 먼저 알아 주길 바라는 건 아
닐까 싶기도 하다.

늘 이런 우울함은 언제부터 시작되었는지
예측하기 어렵다. 천천히 아주 오랫동안 깊숙이
스며든 다음, 나를 송두리째 흔드는 것이겠지.
출처가 명확하지 않은 나의 아픔과 슬픔 덕분
에, 이미 나는 너무 지쳤는지도 모르겠다.

그런데 사람들은 이런 나보고 힘내래.

다 잘 될 거래.

그래서 힘내려고 하면서 살아가고 있어.

우습게도 참 모순이지.

기쁘고 행복할 땐,

이 순간을 누리라고 하면서.

마음이 아플 땐 충분히 아파줘야 할 때도

필요한데 말이야.

그래서 속은 점점 더

타들어가는지도 모르겠어.

꽃을 사겠습니다

언제부터일까. 꽃을 사서 누군가에게 선물하고
싶다는 마음이 들었던 것이. 카네이션을 걸어
드리는 것부터 시작한다면, 아마 내 인생에서
첫 꽃 선물의 주인공은 어머니라고 생각한다.

대개 꽃을 선물받는 입장의 사람이라면, 단
순히 꽃이 예뻐서 기분이 좋고 행복한 건 아닐
것이다. 흙이 조금이라도 밟히는 길을 몇 걸음
만 걸어도 길가에 쉽게 보이는 게 꽃이니까. 참,
어떻게 보면 꽃은 가장 흔한 아름다움이라고
생각한다.

그렇다면 꽃이 선사하는 그 느낌은 무엇일

까? 사람들은 왜 그토록 꽃을 선물받으면, 감동까지 함께 받았다고 이야기를 할까?

언젠가 연인에게 꽃을 선물했던 적이 있었다. 약속 시간은 오후 일곱 시쯤이었다. 여유롭게 넉넉히 '십분 전에는 도착해야지.'라는 생각을 하고 있었다. 그리고 집에서 미리 휴대폰으로 근처 꽃집을 검색했다. 약속 장소에서 걸어서 오 분 정도 떨어진 곳에 꽃집을 확인했다. 집에서부터 꽃집까지 얼추 오가는 시간을 계산하니, 한 시간 전쯤 출발해야 시간이 딱 맞을 것 같았다.

꽃집에 들러 꽃다발을 주문하고, 꽃집 주인과 어색한 대화를 몇 마디 나누며 멀뚱멀뚱 오분 정도를 서성인다.

"어머, 오늘 꽃 받는 분은 좋으시겠어요."
"아…… 네. 예쁘게 만들어 주세요."

그리고 완성된 꽃다발을 들고 약속 장소로 다시 발걸음을 옮긴다. 손에 들린 꽃다발은 또 왜 이리도 크게만 느껴지는지, 사람들을 스쳐 지나가는 그 순간은 언제나 부끄럽다. 열 명 중 일곱 명은 내 손에 쥐어진 꽃을 스윽 보고 지나친다. 이런 시선이 좋기도 하지만 부끄러운 것은 변함없다.

　그리고 약속 장소에 도착해, 커다란 꽃다발을 들고선 연인을 기다린다. 몇 분 지나지 않아 그녀가 도착했고, 멋쩍게 느껴온 부끄러움은 감추고, 반갑게 웃으면서 꽃다발을 건넨다.

　꽃을 받는 사람의 표정은 정말 밝고 환하다. 어린아이가 함박웃음을 짓는다고 표현해야 할까? 그렇게 기뻐하는 모습을 한 번 보았더니, 문득 꽃이 생각날 때마다 선물을 하곤 했다. 언제나 꽃을 사는 과정도, 꽃을 주기까지의 과정도 모든 것이 부끄럽고 얼굴이 화끈거리지만,

단지 당신의 행복한 미소를 보기 위해서라면 기꺼이 건네 주고 싶다.

꽃 선물이 왜 그렇게 좋은지에 대해 물었다. 그녀가 대답하기를, 물론 꽃도 예쁘긴 하지만 본인에게 선물하려는 그 생각, 자신의 손에 꽃이 오기까지의 나의 그 과정들을 상상하자니 내 마음이 예뻐서 그런 거란다.

만약 당신을 처음 만나게 되는 날엔, 꽃을 준비하고 싶다. 오늘 먼 길 나와 주셔서 감사하다고. 비록 오늘은 우리가 처음 만나는 날이지만, 그간 많이 보고 싶었다고.

위로를 못해 주는 날

룸메이트가 생겼다. 나보다 두 살 어린 동생이다. 대부분 친구들은 어떻게 알게 된 사이냐고 묻는다. "네가 누구랑 같이 산다고?"라며 놀라면서 말이다. 내가 누군가와 함께 산다는 것 자체가 나도 신기할 따름이다.

나는 혼자 있는 시간을 중요하게 여긴다. 외로운 날에는 시끌벅적한 주점에서 소주잔을 비우는 것보단, 집에서 혼자 맥주 캔을 딴다거나 잔잔한 노래를 안주 삼아 양주와 오렌지주스를 섞어서 마시곤 한다.

호탕하게 웃을 수도 있고, 닭똥 같은 눈물을 주르륵 흘릴 수도 있고, 다른 사람의 눈치도 보지 않게 되는 온전히 나만의 시간이니까. 평소에도 그렇지만 더없이 외로운 날마저도 혼자만의 시간을 필요로 한다.

그런 내가 누군가와 동거를 한다는 것은 그동안 스스로 쌓아왔던 고독을 깨부수는 것과 다름 없었다. 그 친구와 나는 예전 직장을 다닐 때 알게 된 사이다. 물론 처음엔 당연히 사무적인 태도로 서로를 대했다. 연락처와 명함을 교환하고, 서로 '팀장님'이라고 불렀으니 말이다.

지금의 사이가 되기까지 특별한 계기는 없었던 것 같은데, 시간이 흘러가다 보니, 두 청년은 자연스레 친구가 되었다.

그리고 동거의 시작은 내가 동생 집에 잠깐 들어와서 살게 된 날부터 시작되었다. 기존에

살던 자취방 계약 기간이 애매하게 만료되는
바람에, 일주일 이후에야 새로 이사할 수 있는
상황이었다. 그래서 새 집을 알아보기 전까지만
신세를 지려고 조금의 짐만 들고 들어오게 됐
고, 그러다 그냥 같이 살게 되었다.

아무래도 각자 살아왔던 방식이 너무나도
달랐으니, 초반에는 자주 싸우고 부딪히기도
했다. 그렇다고 치기 어린 학생들처럼 주먹다짐
을 하는 것까지는 아니었다. 가끔 문제를 지적
하고 그것으로 인해 얼굴을 붉힌 적은 몇 번 있
었지만, 같이 사는 것은 참 좋았다.

동생의 생일이었다. 나는 그날 집에서 마감
에 쫓기며 원고 작업을 하고 있었는데, 자정쯤
이 다되어 동생은 얼큰히 취한 상태로 집으로
돌아왔다.

그리고 하는 말이,

"형. 오늘 나랑 소주 한 잔 마셔 주라."

그의 말을 듣고 노트북을 덮었다. 그리고 집 앞에 있는 술집으로 향했다. 소주잔을 금세 비워 가며 본인의 사업 이야기, 어린 나이에 서울로 상경했던 일 등 이런저런 이야기를 많이 나누었다. 여러 이야기 중 아직도 기억에 남는 대화가 있다. 동생의 말에 따르자면, 본인은 남들에게 힘듦을 내색하지 않는다고 했다. 그래서 이유를 물으니, 본인도 모른다고 짧게 대답했다. '각자의 사정이 있겠거늘.' 하는 생각에, 더는 물어보지 않았다.

내가 생각하기엔, 이미 너무 속마음이 썩을 대로 썩어서 남들에게 쉽게 기대지 못하는 것 같아 보였다. 또한 동생은 외로움도 참 많아 보이는 사람이었다. 사소한 것들에도 감동을 받곤 했으니까.

다른 어떤 날엔, 이 녀석이 평소보다 기분이 확 다운되어 보였다. 무슨 일이 있냐고 걱정하는 어투로 말을 건넸다. 그러자 그냥 속상한 하루라고 대답하며, 이런 날에는 일찍 자면 금방 괜찮아진다면서 거실을 피해 방으로 들어갔다.

아, 그런데 아직도 이 녀석의 휴대폰에 나는 '지민석 팀장님'이라고 저장이 되어 있다. "정 없게 지민석 팀장님이 뭐냐."라고 묻자, 연락처 바꾸는 게 귀찮아서라나, 뭐라나. 아무튼 여전히 싸가지도 없고 성가신 동생이지만, 녀석이 힘없이 슬픈 날에는 나까지 힘이 빠진다. 그 슬픔을 알 수 없어서 더 속상하다. 내가 대신 울어주고 싶다. 위로를 해 주고 싶어도 위로를 못 해 주는 것이 이렇게 서글픈지는 또 몰랐다.

그래서 그런 서글픈 날엔, 보통 둘 다 각자 방에서 시간을 보낸다. 나는 내 방에서 할 일을 하면서 동생의 목소리를 기다린다. 그리고 어

느 정도의 시간이 흐른 뒤 동생이 거실로 나와
큰소리로 나를 애타게 찾을 때면, 평소보다 더
귀찮은 듯한 말투로 왜 부르냐며 반갑게 달려
나가곤 한다.

괜찮습니다

최근 들어 도통 연락이 닿지 않던 지인과 연락
이 닿았다. 새벽이 내려앉은 시간이었는데, 지
인과 나는 이런 대화를 나눴다. 최근에 이별
을 했고, 본인의 감정을 추스르기가 힘들어 모
든 주변인들과 거리를 두고 자신을 먼저 챙기기
급급했다고 했다. 그의 말에 동조를 한 뒤 이런
야심한 시간에 그것도 목소리엔 슬픔이 잠긴
채 나에게 연락은 왜 했냐고 물으니, 아무리 생
각해도 풀리지 않는 것이 있어서 마침 내가 생
각났다고 했다.

그것이 무엇이냐 찬찬히 대화를 이어가니,

지인은 이렇게 말했다.

"보다 성숙해지면 성숙해질수록 이별에 무
뎌질 수 있을까?"

그의 말을 듣고 짧은 시간이지만 생각에 잠
겼다. 개인적인 생각으로, 성숙함과 이별의 슬
픔은 아무런 연관이 없다고 지인에게 말했다.
아무리 성숙한 사람이라 할지라도 이별 앞에서
는 어린아이처럼 목놓아 울 수도 있는 거라고.
그 감정들을 억지로 참고 외면하지 않았으면
한다고. 슬픔이란 감정도 소비해야 되기 때문
에 충분히 아파하라고.

아직, 말이 끝나기도 전에 전화기 너머로 지
인의 흐느낌을 느꼈다. 사실 이 사람은 내게 듣
고 싶은 말이 이미 정해진 것 같아 보였다. 그
런 채로 질문을 딘진 거라고 생각한다. 자신이
잘못한 게 아니라고, 아마 다독임이 필요해서

그런 걸 수도 있겠다 싶었다. 지인이 원하는 대답을 쉽게 알아채서 말을 꺼내긴 했지만, 성숙함과 이별의 슬픔이 별개라는 말은 변함없이 사실이다.

아프면 울어도 된다. 아프면 소리 질러도 된다. 아프면 아파도 된다. 어느 누가 함부로 쉽게 이별의 아픔과 슬픔을 논하겠는가. 그 감정은 오로지 본인의 역량으로 본인만이 해결할 수 있다.

두려움

만약에, 아주 만약에 말입니다. 내가 당신에게
어렵게 마음을 열었을 때 말입니다. 그랬을 때에
당신이 내게서 떠나 버리면 어떡하죠. 그땐 너무
힘들 것 같은데. 그래서 사랑이 두렵거든요.

늘 이 마음이 영원할 거라 믿으면서, 내 모
든 걸 내어 주고 싶은데. 나의 이 무거운 마음
들은 모두 진심인데. 당신에겐 그저 한낱 가벼
움으로 느껴지면, 어떡하죠.

흘려보내는 말

당신은 술을 마시지 않는다. 아니다. 당신은 술을 마시지 않았다고 하는 게 맞다. 내가 당신 곁에 머무른 동안에는, 나도 당신 앞에서 취한 적이 없다. 취기에 올라 속마음을 이야기한 적이 없다. 꼭 그렇다고 해서 취해야지만 속마음을 전하는 것도 아니긴 하지만, 그 알딸딸한 감성이 주는 마음은 평소와는 확실히 다르기 때문에. 허나 나는 그런 감성을 당신과 나눈 적이 없다.

당신은 나와 헤어지고 이런 말을 한 적이 있었다. 내 생각이 날 때마다 평소에 내가 했던 것을 따라 해 볼까 했다고. 그중에 하나가 술을 마셔 볼까 했던 것이라고.

나는 당신과 헤어지고 사람들에게 이렇게 말했다. 연인이 술을 멀리하고 마시지 않는 것에 대해선, 어떻게 보면 밤 늦게 걱정도 안 될 뿐더러 좋은 점만 있어 보이지만, 나는 차라리 같이 술잔을 나누는 사이었으면 좋겠다고.

그리고 지금은 당신도 술잔에 입을 댄다고 한다. 언제 한번 당신과 술 한잔 진하게 마셔 보고 싶다. 그때 우리는 과연 무슨 말을 나눌까. 아마 여전히 헤어짐의 간격은 좁혀지지 않겠지만, 내가 모르는 당신의 모습이 생겨버렸다는 게 조금 속상할 것 같다.

애상

오늘 술 한잔 걸친다면,

애써 괜찮아진 마음도 무너질까 봐.
그냥 보고 싶은 마음은 혼자 삼켜 버린다.

그래서 속은 늘 더부룩하다.

입북동

수원에서 태어났고 십 년 정도 수원에서 살았다. 내게 있어서 수원은 평생 잊지 못할 도시다. 어릴 적, 나중에 돈 많이 버는 어른이 된다면, 내가 결혼을 해서 가정을 꾸리게 된다면 수원에 살 거라고 부모님께 말하기도 했다.

정확히 말하자면 수원시 권선구 입북동에 대한 추억은 내게 있어 너무 진하다. 입북동은 어머니가 어릴 적 태어났고 쭉 자라왔던 지역이다. 나도 태어나서 눈떠 보니 입북동에서 살고 있었디. 우리 기족이 아비지 전근으로 수원을 떠나기 전만 해도 외가 식구들 모두 같은 아파트 단지에서 살았다. 아파트 옆 동이 이모 집, 앞 동이 할머니 집, 뒷동이 외삼촌집이었고 그랬다.

그렇게 아파트 단지 놀이터든 어디든 사촌들하고 한데 어울려 뛰어놀면서 컸다. 그래서인지 몰라도, 나는 사촌들하고 무척 가깝다. 남들은 친척 형제들이랑 많이 서먹하기도 하던데, 어릴 땐 '왜 다들 우리처럼 친하지 않지?'라며 의아해하기도 했다.

이사를 하는 바람에 그곳에서 더 이상 자라지 못했지만, 입북동은 언제나 명절 때마다 찾아갔으며, 그곳은 잔잔한 추억과 아직도 사랑하는 가족들이 머무는 정겹고 따뜻한 곳이다.

살아가면서 평생 잊지 못할, 향수를 불러일으키는 장소 한 군데쯤은 있어도 나쁘지 않을 것 같다. 그런 장소가 있다는 게 다행이라고 여긴다.

삶이 지치고 힘들 무렵, 입북동을 찾은 적이 있다. 이내 발걸음은 텅 빈 놀이터를 향했다. 삐걱거리는 그네에 앉아 예전에 살았던 우리 집을 보았다.

'저긴 이제 누가 살고 있을까?'

많이 낡기도 낡았고, 아무도 없는 고요한 정적이 흐르는 놀이터지만, 내 어린 시절 뛰어놀던 모습들이 눈에 선하다. 내가 어린 나에게 위로를 받고, 가끔 잊혀져 가는 어린 나의 추억을 동시에 만날 수 있는 그런 곳이다. 나는 사랑하는 우리 가족들과 같이 평생토록 입북동에 머물고 싶다.

단체 사진

외가 식구들과 1박 2일로 펜션을 간 적이 있다.
추석 연휴가 무척이나 길었던 터라, 하루는 다
같이 가족 펜션을 가기로 했다. 야외 테라스에
서 저녁 식사를 하던 중, 아버지가 갑자기 카메
라와 삼각대를 꺼내 드셨다.

"자, 여기 보세요. 자연스러운 모습을 담아
내겠습니다."

아버지의 말씀으로 인해 식사를 하던 가족
들은 옹기종기 다닥다닥 붙었다. 모두 일제히
카메라로 시선을 향했다. 가족들의 모습을 담

기게끔 하고선, 아버지는 타이머를 맞추셨다. 타이머 시간은 2초. 단 2초를 맞추곤 뛰어오셨는데, 아니나 다를까 카메라 셔터는 얄짤없이 찰칵했다.

다시 아버지는 카메라가 있는 곳으로 향하시고는 머쓱해하시며 10초짜리 타이머를 맞추셨다. 그때 이모부가 웃으며 말씀하셨다. "허허. 동서도 예전 같지 않구먼……." 그 한마디에 모두가 박장대소를 하며 웃었다. 나도 실소를 하며 웃어넘겼지만, 적어도 나에게 있어선, 그 말이 참 묵직하게 다가왔다.

어릴 적 외가 식구들과 함께 여행을 자주 가곤 했는데, 그 추억거리들은 인화된 사진 앨범에 모두 담겨 있다. 가끔 그 시절이 그리워 앨범을 뒤적거리곤 한다. 사진첩에는 아직도 기억 속에 생생한 나의 외할아버지 모습도 담겨 있다.

이모부의 말씀으로 인해, 빠르게 추억을 곱

씹고 다시 지금의 가족들을 봤다. 그 시절에 우리를 더 이상 찾아 볼 수 없는 것 같아 참 애석하다. 속상하다, 서글프다. 울고 싶다.

그날은 무척이나 그리움이 자욱한 날이었습니다.

먼 훗날 지금의 시간도 추억할 거리가 되겠지요.

우리는 매 순간 추억을 거닐며 살아가고 있습니다.

추억이 더 아름답게 자리 잡기 위해,

오늘도 아낌없이 누군가를 그리워하고

아낌없이 사랑하며 살아가야겠습니다.

청춘이라서

독자들과 소통을 하기 위해 SNS(소셜 네트워크 서비스)를 이용한다. SNS를 하면서 정말 많은 분들을 알게 되었고, 또 그분들을 통해 가슴 절절함을 느끼기도 한다. 가장 기억에 남는 독자들 중에선, 어머니와 동년배인 듯 보이는 한 독자분이 계셨다.

언젠가 한번은 구구절절 이별 감정에 대한 기록문을 써서 올린 적이 있다. 다른 이들은 모두 공감을 하고, 자신의 상념 속에 사람들을 추억하는 것 같아 보였다.

그런데 그분은 다른 말을 남기셨다.

"이래서 청춘은 아름답나 보네요. 다시 예전의 그때로 돌아갈 수는 없지만, 정말 가끔씩 그립네요, 저의 청춘도. 이런 말도 있잖아요. 청춘은 꺼지지 않는 영원한 별이라고. 너무 소중해 보여요. 지금 작가님의 이 순간들이."

누구에게나 청춘이란 시절은 있다.

20대에게 청춘은 10대일 수 있고,

30대의 청춘은 20대일 수도 있을 뿐더러,

그렇게 거슬러 올라간다면,

우린 매 순간 청춘 속에서 살아가고 있는 셈이다.

과감하게 오늘 이 시간마저도 청춘이라면,

후회될 만한 삶을 살아가고 싶지 않다.

조금 더 용기내서 오늘을 살아보도록 해야겠다.

내 자신에게 귀 기울이며 하고 싶은 것을

주저 없이 도전하고, 아프고 깨지고 울면서

그리고 웃으면서.

서울살이

서울에서 거주지를 세 번이나 옮겼다.

첫 번째 살았던 동네는 신림동이다. 이곳에서는 처음으로 회사를 다녔었고, 처음으로 자취를 시작했다. 이사하기 전만 해도 사실 어떤 동네인지도 몰랐지만, 지금은 외로움과 슬픔, 설렘이 묻어 있는 첫사랑 같은 동네다. 첫사랑과 비슷한 마음이랄까. 그립기도, 보고 싶기도 하지만 다시 돌아가는 것은 망설여지는 그런 마음. 그리고 신림동은 당신과 추억이 흠뻑 물든 곳이다. 처음 부동산에서 집을 알아볼 때도 함께 다녔고, 계약기간이 다 돼서 이사를 가야

했을 때, 짐을 빼는 일도 당신과 함께 했다. 봄이면 집 앞 큰 벚꽃나무에서 사진을 같이 찍기도 했고, 그 꽃잎들이 푸르러지고 그 푸르른 잎사귀들이 모두 떨어져 나가는 순간마저도 함께 했다. 거긴 여전할까. 그때 마시던 그 공기도. 우리가 같이 웃었던 추억도.

두 번째 살았던 동네는 구의동이다. 광진구청 앞에서 살았다. 이전 집보다 넓고 쾌적했다. 당신이 사는 동네로 이사를 왔다. 조금이라도 더 자주 보고 싶은 마음이 컸던 탓일까. 보고 싶은 마음도, 좋아하는 마음도, 사랑하는 마음도, 너무 가까우면 모르고 지나칠 수 있다는 것을 알게 된 동네. 집 앞 편의점, PC방, 당구장, 노래방, 헬스장, 볼링장, 음식점, 카페 등 온 동네 구석구석이 당신과 함께했던 기억의 조각들이다. 그리고 우린 이 동네에서 서로에게 안녕을 말했다. 아마 당분간은 이 동네 근처에는 발을 디디지 못할 것 같았다. 겨우 괜찮아진 삶이, 살만해진 삶이. 이 모든 것들은 상상이었고, 현실을 마주하게 되는 순간 무너질까 봐서.

세 번째 살게 된 동네는 역삼동이다. 여전히 역삼동에 살고 있지만, 아직 많이 낯설다. 어떤 날에는 술 한 잔 기울이고 터덜터덜 걷는 중이었는데, 골목골목이 아직 익숙치가 않아서 집 가는 방향을 몰랐다. 문명에 뒤처진 사람이었던 터라, 휴대폰 어플로 지도를 보고 걸어도 그 길이 그 길 같고 그랬다. 그래도 하나 다행인 건, 이곳엔 당신의 기억과 흔적들이 많이 담겨 있지 않다는 거다.

헤어짐 이후 잠깐 당신을 만나게 됐을 때, 기껏 해봐야 같이 밥 한 끼 했던 정도, 헤매던 길을 같이 걸었던 정도, 그 정도뿐인데 모든 나의 공간을 당신에 빗대어 생각한다는 게, 좀 우습기도 하다. 애써 쓴웃음을 지으며 떠오른 생각은, 그래도 매 순간 충실히 사랑을 했다는 것이다. 거주지를 세 번을 옮겨도 내가 발길이 닿는 어디든 당신의 그림자가 있기에.

사실, 그거 하나면 된다. 당신 앞에서 부끄러움은 없다. 우리는 그 시간 속에서 여전히 살아 숨 쉰다는 것 하나만으로도 나는 괜찮다.

초행길

"대구에서 만나요."

　대구를 가 본 적은 없다. 태어나서 단 한 번
도 말이다. 대구에 대해 내가 아는 정보는 수성
못과 김광석 거리, 그리고 여름엔 무지하게 더
운 정도. 낯가림이 심한 나는 처음이란 단어를
좋아하지 않는다. 그런 단어를 좋아하지 않을
뿐더러, 직접 피부로 느끼는 것도 꺼려한다. 이
런 내가 아주 지극히 낯선 곳으로 떠난다. 차
를 타고 내려가야 할까, 아니면 기차를 타고 내
려가야 할까. 꽃을 들고 내려가야 할까, 아니면
작은 선물을 들고 내려가야 할까. 이미 내 마음

은 당신으로 인해 충분히 소란스럽다. 소란스러움을 넘어 뜀박질 중이다.

당신을 만나면 반갑게 손을 흔들까. 아니면 멋스럽게 손을 건넬까. 점심은 무엇을 먹어야 할지. 주변에 향이 좋은 찻집을 한번 알아볼까. 낮에는 김광석 거리를 같이 거닐고 밤에는 차가운 공기를 핑계 삼아 손에 깍지를 끼고 수성못을 걸어야겠다.

지금 이런 마음들, 어쩌면, 그게 사랑이면 좋겠는데.

3부

친구

함께 붙어 있으면 마음이 편한 사이. 전혀 어색함과 불편함 없이, 마음을 쉬이 기댈 수 있는 그런 사람들을 친구라고 하고 싶다. 우리 주변엔 굉장히 피곤한 관계들이 즐비하다. 나를 통해서 무언가를 쟁취하려 하고, 보여지려 하고, 얻으려 하는 사람들에게 지쳤다. 진심이 아니라면 애초에 안녕을 건네지 않기를 바랄 뿐이다.

나는 가장 사랑하는 친구가 당장 내일 죽을 병에 걸렸다면, 하던 일을 모두 다 때려치우고 친구 곁을 지킬 것이다. 얼마 남지 않은 친구의 여생을 함께해 줄 것이다. 손에 들고 있는 무언가를 모두 내려놓고 그 빈손으로 내 친구의 손을 따뜻하게 잡을 거다. 그들도 그러할 테니까.

내게 있어 몇 안 되는 친구들도 만약 내가 이 세상에 없다고 한다면, 나를 기억하며 가끔은 눈물을 쏟아 줄 테니까.

우리 럭키

럭키는 우리 가족이 키우는 반려견이다. 럭키의 종은 포메라니안이고 블랙 탄이다. 럭키를 만나게 된 건 애견용품 가게에서 필요한 것들을 사러 가던 길이었다. 유리케이지 안에서 작고 까만 솜뭉치에게 계속 시선을 빼앗겼다.

"한번 안아 봐도 될까요?"

어릴 때부터 골격이 남달랐다. 또래 강아지들에 비해 어깨도 떡 벌어지고 생김새도 참 진하게 생겨서 예쁘고 잘생겼었다. 그렇게 럭키와의 아쉬운 만남을 뒤로하고 제주도로 여행을 떠났는데, 제주도 여행 내내 럭키가 눈에 밟혔다. 꿈에 나오기도 했고, 문득문득 '혹시 다른 사람 품에 갔으면 어쩌지?'라는 생각을 했다. 서울로 돌아간다면 다시 한번 럭키가 있는 곳을 가봐야겠다는 생각을 했다.

일부러 미리 그 애견용품 가게에 전화를 하지 않고 찾아가기로 했다. 그저 스스로에게 약속을 했다. 만약 아직도 럭키가 그 자리에 있다면 내가 데려오겠다고.

약간의 불안감과 초조함 그리고 작은 설렘으로 걸음을 옮겼다. 가게에 들어서는 순간 럭키가 있는 자리부터 확인했다. 비어 있었다. 못내 아쉬움이 가득했다. 혹시나 하는 마음에 가게 종업원에게 럭키가 다른 주인을 만나게 됐는지 물어봤다.

그러자, 그 종업원은

"아! 거기 아래에 있을 거예요. 이번에 자리를 옮겼거든요!"

그녀의 말이 끝나자마자 발 옆을 내려다봤는데, 럭키가 쳐다보고 있었다. 울컥했다. 그리고 그날 럭키를 데려왔다. 처음 키우는 반려견이라 관련 지식에 대해서 공부도 많이 하고 지극정성으로 보살폈다. 그리고 부모님께 보여드리기 위해 데리고 간 이후, 가족들과 정이 많이 들어 지금까지 부모님과 함께 지내고 있다. 조금 더 넓은 집에서 부모님과 동생의 사랑을 듬뿍 받으면서.

사실 엄청 서글픈 이야기지만, 평균 강아지 수명은 십여 년 정도라고 한다. 럭키는 아직 우리 가족과 함께 할 날이 훨씬 더 많지만, 마지막을 생각하는 날이면 가슴이 진짜 미어터져 벌써부터 눈물이 맺힌다. 평생을 너와 함께 하고 싶은데.

"그래서 내 기록문에 너를 꼭 남기고 싶었어. 언젠가 너를 추억할 거리가 분명 필요하다면 말이야. 사랑한다. 럭키야."

언제나 그러합니다

처음 보는 사람을 만나도,
이 사람과의 만남이
더 진해지거나 옅어지거나
깊어지거나 얕아지거나

늘 마음속에 이별을 머금고 살아갑니다.
그러니 매 순간순간이 소중하지 않겠어요.

운명

가끔, 이런 생각을 하기도 한다.

당신과 내가 만나는 시간은 이미 정해져 있는 거라고. 아직 그 시간이 아니어서, 우리는 이렇게 아프고 아픈 걸 수도 있다고. 그 시간이 온다면 아픈 만큼 웃음 지을 날만 있을 거라고. 그런 운명 같은 사람이 있었으면 좋겠다. 나도 당신도 아직 서로의 이름도 모르지만 말이다.

두통

머리가 지끈거린다. 그래서 잘 듣는다는 두통
약을 한 움큼 사 왔다. 세 알을 먹어도, 좀처럼
약이 듣질 않는다.

육안으로는 내가 아픈지 안 아픈지 확인할
길이 없다. 오로지 나만이 그 아픔을 알 수 있
는 듯이. 며칠을 그렇게 두통에 시달리면서 살
았다. 평소처럼 밥을 먹고 출근을 하고 일을 하
고 사람들을 만나는 도중에도 두통은 여전하
다. 그리고 이 두통은 꼭 이별을 하는 사람과
같았다.

참 애석하게도 머리와 마음은 닮았다. 아니, 머리가 아픈 것과 마음이 아픈 것은 닮았다. 나의 아픔의 정도를 확인할 길은 없고, 내가 아프다고 누군가에게 말을 건네지 않으면 아무도 모른다. 그렇게 약으로도 해결이 안 되는 극심한 두통으로 아픈 머리를 부여잡고 겨우 잠자리에 드는 것처럼.

혹시, 당신은 오늘도 아픈 마음을 지니고 내색 한 번 없이 웃으며 살아가고 있는 게 아닐까.

가족

어떠한 연인을 만났어도, 누군가를 가슴 저리
고 아무리 뜨겁게 사랑을 했어도, 그 사랑의
크기는 가족의 사랑에 비하면 한없이 작다. 말
한마디 쉽게 뱉어버리면 남이 되는 그런 사랑
은, 감히 가족의 사랑과 견줄 수가 없다.

그런 흘러가는 사랑 앞에서도 매일 사랑한
다고 표현을 하는데, 언제나 한곳에 고여 있는
가족의 한결같은 사랑 앞에서는 왜 표현하기
꺼려 할까. 시간이 있을 때 말 한마디 더 하려
한다. 오늘도 많이 사랑한다고. 부족함 없이 늘
감사하다고.

기침

한동안 기침이 심했던 적이 있다. 아마 태어나서 이런 목감기에 또 걸릴 수 있을까 싶었다. 작은 먼지에도 예민했을 뿐더러, 숨을 들이쉬는 내내 연거푸 콜록댔다. 물을 마시는 것도 말을 하는 것도 힘들었다. 아팠다. 아침에 일어나면 목에 피가 고여 있기도 했다. 주사도 여러 번 맞아 봤고 링거도 맞아 봤는데 좀처럼 나아질 기미가 보이지 않았다.

또 어떤 날에는 사랑니 때문에 고생을 한 적이 있다. 그것도 매복 사랑니라 절개를 한 뒤 발치를 했는데, 밤마다 치통이 너무 심했다.

'아, 이럴 줄 알았으면 차라리 뽑지 말 걸. 뽑고 나서가 훨씬 더 아프네.'

이 아픔은 도대체 언제쯤 끝날까 싶었다.

일상생활을 보내면서도 늘 통증을 달고 사니 말이다. 하지만 정말 우습게도 정신을 차리고 보면 끝나지 않을 것만 같은 아픔은 끝나 있었다. 더 이상의 통증도 없게 됐다.

몸은 다 나았다. 내가 인식을 못했을 뿐이지만, 내가 고통을 느끼는 와중에도 몸은 서서히 호전되고 있었다. 늘 뼈저리게 절감하는 건, 지나고 나면 그렇게 상처와 아픔에 힘들어했던 그 시간들이 무색해진다는 것이다.

사실, 살아가면서 힘든 일은 매 순간 들이닥친다. 그리고 그 힘듦에 허덕이며 벗어나고 싶어서 발버둥을 친다. 나도 그렇다. 매 순간 그렇

다. 그러니 사람이고, 그러니 부족하고, 그러니
실수를 하고, 그러니 아파하는 거다.

충분히 아파하라는 말이 있다. 그렇게 허덕
이고 발버둥치며 벗어나고 싶은 순간들도 충분
히 아파 보니 알겠더라. 부디, 아픈 만큼 더 건
강했으면 좋겠다. 당신의 내일은.

미련

당신은 먼저 손 한번 내밀 줄 모르는 사람이었
다. 늘 떠나려고만 했다. 나는 날이 더워도 날
이 추워도 비가 오나 눈이 오나 당신의 뒤편 언
저리에서 계속 손을 뻗고 있었다. 미련했던 것
이다. 나 자신을 사랑하지 못했었다. 그렇기에
미련했다.

내가 나 자신을 사랑해야 타인을 사랑할 때
도 마음의 여유가 생긴다고 하는데, 나는 그러
지 못했다.

그렇게 당신 손을 다시 잡을 때면 꾸역꾸역

깍지를 꼈다. 굳은살이 박이고 손이 트고 피가
안 통하는 줄도 모르고. 설마 이게 사랑인 줄
알고.

주는 것만이 사랑인 줄 알았다. 곁에 있어
준다는 것만으로도 사랑임을 확신했던 지난 미
련들.

진심

나는 내 업이 좋으면서도 가끔은 두렵기도 하
다. 너무 솔직하기 때문이다. 너무 솔직하게 감
정을 다 쏟아내서 그게 좀 두렵다.

사랑하고 이별함에 있어서 나의 기록을 찬
찬히 살펴본다면, 아직도 옛사랑의 추억을 거닐
고 있는 사람으로 각인이 될까 봐 그게 두렵다.

난 당장 내 감정에 솔직하고 싶은 사람이다.
내가 행복하면 행복하고, 슬프면 슬프고, 웃고
싶을 때 웃고, 울고 싶을 때 우는. 그렇게 마음
이 건강한 사람으로 생을 살아가고 싶다.

만약 나와 평생을 약속하는 사람을 만나게
된다면, 나의 이 기록들을 모두 선물하고 싶다.

만약 입을 통해 그간 삶의 이야기를 전달한
다면, 아닌 것도 맞다 할 테고, 가끔은 허풍도
부리고 싶을 테고, 약간의 거짓도 섞일 거 같은
느낌이 들기도 해서다. 그래서 가장 꾸밈없고
솔직한 자세로 이 기록들을 선물하고 싶다.

사실 말하지 않으면 몰라도 될 이야기를 전
하는 꼴이 될 테지만, 나는 아무렴 당신도 충
분히 아팠었고 사랑했었고 그렇게 울었을 테
니, 나를 만나서 웃었으면 좋겠다.

그렇게 서로에게 자세하게, 깊숙하게, 솔직
하게 다가갔으면 좋겠다. 당신도 내게 당신을
이야기해 주면 좋겠다. 사랑했던 나날들을 이
야기해 주면 좋겠다.

당신의 상처와 아픔,

그 모든 것을 알고 싶습니다.

우리 지난날에 대해 모르는 것이 없도록.

그리고 그 아픔을

서로 인정하고 보듬어줄 때가 된다면,

서로가 아니면 안 되도록 그렇게 전부가 되어

다시 또 사랑하고 싶습니다.

그렇게 언제나

당신 곁에 머무르고 싶습니다.

첫인상

당신의 눈을 지그시 바라봤다.
입꼬리는 살짝 올라가기 시작했고
몇 번의 깜빡임, 그걸로 우린 충분했다.

당신의 두 눈엔 사랑이라고 적혀 있었고,
나는 벌써부터 우리를 꿈꾸고 있었다.

고백

하루빨리 결혼을 하고 싶다.

　사랑하는 사람을 만난다면 당신과 이 편안
함을 나누고 싶다. 우리가 함께할 나날 중 주말
을 생각해 볼까. 어떤 주말에는 한 손에 레시피
를 쥐고 가까운 마트에서 장을 보고 요리를 하
고, 다른 어떤 주말에는 모든 걸 뒤로하고 기찻
길에 올라 여행을 떠난다든가. 내가 아는 선에
서 할 수 있는 방법을 총 동원해 최대한 로맨틱
한 신혼을 보내고 싶다.

　사실 내가 생각하는 사랑은 특별하고 대단

한 것을 이야기하는 게 아니다. 가끔 조용한 포
차에서 소주잔을 비우며 서로에게 속마음을 털
어놓고, 어깨를 내어주며 마음을 재지 않는 편
안한 사랑을 하고 싶다. 나는 당신의 모든 것
을, 당신은 나의 모든 것을, 그렇게 서로를 알아
가고 이해하며 처음엔 서툴지만 서서히 단단하
게 사랑하고 싶다.

사실 지금 사랑이 그리운 걸 수도 있을 겁니다. 사실, 사랑이 제대로 어떤 것이었는지 가늠할 수도 없을 정도로 기억이 나지 않습니다. 지난날이 너무 아팠던 탓일까요. 이미 제 안의 사랑은 죽어버렸는지도 모릅니다. 그래서 오늘은 사랑하고 싶은 날입니다.

당신이나 나나, 지나간 흔적이 어딘가에 분명 있겠죠. 그런데 사실 그러한 것들은 중요하지 않습니다. 아무렴 어떻든 간에 저는 상관없습니다.

혹시 아직도 불현듯 당신도 지난날의 상처가 욱신거리신다면, 나로 하여금 그 상처를 지울 수만 있다면 저는 필사적으로 당신을 사랑하고 싶습니다. 그렇게 아무 조건 없이 사랑할 겁니다.

그러니 당신도 제게 마음을 열어 주세요.
꼭 그래 주세요. 저를 사랑해 주세요.

생각의 힘

시간은 정말 눈 깜짝할 사이에 흘러가 버리는 것 같다. 먼 훗날, 지금의 나를 다시 돌아보게 될 때 세월이 야속하다며 후회하게 될 수도 있을 것이다.

그래서 지나간 시간을 아쉬워하지 않으며 살아가려 한다. 삶을 살아가며 후회하지 않으려고 한다. 후회는 언제나 나를 힘들게, 때론 아프게 만들어버리니까. 세상에 필요 없는 시간은 없다고 믿는다. 이 힘듦이 반드시 거쳐야 하는 과정이리면, 점점 더 내가 성숙해지는 시간이라면, 기꺼이 부딪히고 아둥바둥 살아가려

한다. 나쁜 생각은 하지 않는 게 좋겠다. 좋은 생각만 하려 한다. 생각하면 입가에 미소가 막 지어지는, 상상만 해도 가슴이 뛰는 그런 생각만 하면서 살아가려 한다. 좋은 생각만 해도 부족한 시간이기 때문이다.

늘 입에 달고 사는 말이지만,

생각에도 힘이 있다고 생각합니다.

부디 좋은 생각만 갖고 살아갔으면 좋겠습니다.

생각대로 모든 일이 다 좋아질 수 있도록 말입니다.

힘들고 각박한 이 세상에서 우린 그렇게 온전히 나의

하루를 믿으면서 살아갑시다.

오늘 하루 행복한 일만 가득하시길

진심으로 소망합니다.

아끼는 노력

말을 아끼는 노력은 반드시 필요하다. 내가 안다고 무작정 아는 체하는 것은 매우 어리석은 일이 아닐 수 없다. 얄팍한 지식으로 혀를 놀리기보단, 가까운 듯 멀리서 침묵으로 일관하는 것이 더 낫다.

남에게 조언을 하는 것보단, 격려와 공감의 말이 더 필요하며 내 기준으로 상대방을 평가하는 일도 없어야 한다. 그러한 행동은 스스로의 가치를 떨어트리는 지름길이다.

간혹 자신이 걷는 길만이 옳은 줄 아는 사

람이 있다. 그런 사람들이 남을 폄하하며 내뱉는 말들은 심히 거북할 수밖에 없다. 누군가를 폄하할 자격도 없는 사람이 남들에게 하는 것을 보면 사실 민망하기까지 하다. 그럴 때일수록 겸손해야 한다는 생각을 뼈저리게 절감하곤 한다.

나를 지키는 힘

늘 둥글게 살려고 노력은 하지만, 온통 마음이
가시가 되도록 만드는 상황은 끊이지가 않네요.

그것이 더, 나를 지킬 수 있는 힘이 된다면
앞으로는 선인장 같이 살아보려 합니다.

여유

마음의 여유에 대해 한 가지 전해 주고 싶은 말이 있다. 나도 당신도 말이다.

조급할 게 전혀 없다. 지금도 충분히 잘하고 있으니 말이다.

혹시 말이야. 요즘 우리 마음이 상대적으로 여유가 결핍되어서 눈앞의 행복들을 놓치는 건 아닌지 모르겠어. 터널을 지나가다 보면 곧 끝에 다다르고 빛이 보이는 건 모두가 다 아는 사실이야.

하지만 모두가 다 아는 사실에도 불구하고

근심을 갖고 지금 이 순간을 살아간다면 온전히 즐기지 못하는 일이 참 허다해. 가끔은 너만 신경 쓰면서 살아가는 것도 필요할 것 같아.

오로지 본인에게만 집중해 봐. 스트레스 받는 요인들은 과감히 내치며 네 마음에 귀를 기울여 봐. 우리가 너무 쓸데없는 것들을 보고 듣고 느끼며 살아가서 결국은 아픈 법이거든. 한 번쯤은 이기적이게 나만 생각하고 사랑하도록 해.

내가 나를 사랑해야 더 큰 사랑을 베풀고 느끼면서 살아갈 수 있을 테니 말이야.

서운한 날

서운함이란 감정은 참 무섭다. 그런 마음들이 하나둘 쌓여갈 때마다 늘 상처받는다.

이 감정은 언제나 좋지 못한 결과를 불러일으키기에 충분하다. 또 때론 이기적이기도 하다. 네가 받은 서운함보다 내가 받은 서운함이 더 중요하다고 여기게 된다.

이러한 서운함은 대부분 상대방의 배려가 부족하다고 느낄 때 들곤 한다. 처음부터 당신이 잘못했기 때문이라고 탓하기도 하면서 말이다. 서운한 게 섬섬 많아지는 요즘이 참 서글프다.

선택

살아가면서 선택의 순간은 무수히 많다는 말. 맞는 말이다. 우린 지금 스스로가 선택한 삶을 살아가고 있다. 살아가다 보면 우리는 때때로 나보다 더 잘나가는 사람들을 만난다. 그때마다 회의가 몰려와도, 개의치 않고 내 삶에 더 집중했으면 한다. 남들과 나 자신을 비교하는 순간, 나는 무너지고 비참해지기 일쑤다.

다시, 살아가면서 선택의 순간은 무수히 많다. 예전의 선택이 후회되고 좌절을 안겨 주었다면 해 보지 못했던 선택을 해서 다시 살아가면 된다는 말을 전하고 싶다. 울컥 드는 당신의 마음들을 헤아릴 수는 없지만, 그 시간은 지금 당신이 있기까지 꼭 필요한 시간이었다고. 당신은 조금의 잘못도 없다고. 이 순간을 살아감에 박수받는 것이 마땅하다고. 조용히 멀리서 응원하고 싶다.

다시 또, 선택의 순간은 무수히 많다.

관계

연락 한 통 없다가 필요할 때만 나를 찾는 사람들. 굳이 용건이 있을 때가 아닌, 마음이 전해지는 안부 연락이라면 얼마나 좋을까. 진심이 없는 사람들의 연락은 나 자신을 피폐하게 만들기도 한다. 당신은 이미 그 작은 연락 한 통만으로도 큰 의미 부여를 했기에, 여러 상념이 휩싸여 상처를 받기 일쑤일 테고. 그렇게 마음이 없는 말뿐이라면 그냥 지나가 줬으면 좋겠다. 내게서 지나쳐 가는 관계들이 서글프지 않은 밤이다.

사진

당신을 만날 땐 카메라를 꺼내 들어야겠다. 둘이 함께 했던 순간들을 사진으로 담아낸다면 얼마나 좋을까. 사람이 아무리 기억하려고 노력해도 그 순간에 느낀 것을 회상했을 때 그때의 감정을 고스란히 간직할 수 없기에, 우리의 모습이 담긴 사진을 도움 삼아 그 시절을 기억하고 싶다. 그런 사진들이 어느 정도 쌓였을 때 모두 인화해서 사진 앨범을 하나 만들어야지. 어떤 날엔 맛있는 음식과 함께 앨범을 한 장 한 장 넘기며, 추억을 이야기하면서.

사랑하는 날

겨울에서 봄으로 바뀌어 가는 늦겨울과 초봄
사이 어느 날, 강원도 동해로 향하는 버스에 올
랐다. 밤을 지새우고 가는 터라 몸이 피곤했다.
나는 어딘가로 떠나기 전에 이번 여행 동안 무
엇에 대해 생각해야 하는지 고민하는 습관이
있다.

같이 동행하는 친구 녀석은 이런 말을 했다.
"낚싯대에 아무것도 걸지 않은 채 고기가 잡히
길 바라면서 술 한잔 천천히 비우자." 그런 여
행이 되었으면 한다고 말했다. 새삼 느끼는 거
지만 내 옆에 이런 말을 하는 친구가 있다는 게

복이라고 생각한다. 어쩌면 친구는 삶의 여유가 그리운 걸 수도 있겠다. 그리고 나는 이번 여행 기간 내내 온통 사랑하려고 마음먹었다.

얼마 전, 한 독자분이 내게 "작가님, 사랑이 무엇이라고 생각하나요?"라고 물었다. 처음 그 말을 듣고, 생각에 푹 잠겼다. 도대체 사랑은 무엇일까? 그리고 고심 끝에 이렇게 말씀드렸다.

"사랑은 어쩌면 누군가를 떠나보내는 것이 아닐까요."

가족 모두가 식탁에 앉는다면 다소 북적거리기 마련이다. 그런 날 가족과 함께 둘러 앉아 저녁밥을 먹을 땐, 하루 일과를 이야기하기도, 또 축하하는 일에 진심을 다해 주기도 한다. 때론 듣기 싫은 ₩중을 들을 수도 있고, 어느 날은 그 북적거리는 식탁이, 늘상 당연하다고 여기는 것들이 더 이상 당연하지 않게 되었을 때.
앞으로 살아가면서 혼자 밥을 먹는 날이 더 많
아지는 걸 느꼈을 때. 사랑하는 반려견과 산책
을 나가, 같이 신나게 뛰어다니던 길을 어느 날
은 나 혼자만 걷는 날이 찾아올 때.

그렇게 누군가의 빈자리가 크게 느껴지는
날이 올 때면 가슴이 쿵 하고 저려온다. 그게
나의 사랑하는 가족들이거나 친구나 연인, 그
누구든 간에 사랑하는 존재와 이별한다고 생각
할 때면 언제나 마음이 미어진다.

그래서 사랑을 하면서도 늘 이별을 가슴속
에 머금고 살아간다. 그러니 매 순간 내 곁의 존
재들을 최선을 다해 사랑하는 수밖에 없다. 사
랑할 수 있을 때 실컷 사랑하려 한다. 혹시 우
연히 이 책을 펼쳐 이 글자들을 읽어 내려가는
분들에게 감히 전하고 싶은 말이 있다. 반드시
기회가 있을 때 그 기회를 잡았으면 좋겠다는

것. 누군가를 사랑할 수 있음을 감사하라는 것.

내게 있어 사랑이란, 사랑함과 동시에 이별까지 생각하는 그런 무거움이다. 오늘 나는 해안가를 거닐며 한때의 사랑을 온전히 떠나보낼 수 있다면 떠나보내려 한다. 그리고 조금은 녁녁하게 새로운 사랑을 들일 수 있도록 마음 한 구석을 비워 내고 싶다.

오늘은 어쩌면 누군가를 사랑하는 날일 수도 있겠습니다.

잘 지내지

당신은 내게 꿈 이야기를 자주 했다. 막 잠에서 깨 나에게 황급히 전화한 것처럼 보였다. 수화기 너머로는 아직 잠이 덜 깬 당신의 목소리가 들려온다. 당신의 모습을 상상해 보자면, 눈을 지그시 감고 아직 꿈속을 돌아다니며 서서히 잠을 깨는 중인 것 같았다.

알 수 없는 이야기들을 뱉어 내는 와중에도 나는 당신의 말을 다 알아듣는 듯이 대답을 한다.

"정말 그랬어? 재밌었겠다. 무섭지는 않았고?"

종종 당신은 내게 이런 말을 하기도 한다. 오늘 우리가 엄청 싸우는 꿈을 꿨다고. 왜 그런 꿈을 꿨는지 되묻기라도 할 때면 그건 지금 연인들의 사이가 너무 좋을 때 꾸는 꿈이라고 말해 주었다.

그리고 오늘 아주 오랜만에 당신을 만났다. 무척이나 반가웠다. 잘 지냈냐고 서로의 안부를 물었고, 그간 보고 싶었다고 말했다. 대화를 하다, 이내 당신은 내게 오늘 꾼 꿈 이야기를 하기 시작했다. 신나게 이야기를 한 뒤 당신은 내심 머쓱해 보였다. 오랜만에 만나서 또 꿈 이야기를 해서 미안하다고 했다. 나는 답했다. 아니, 변함없이 그대로여서 그게 오히려 더 좋다고.

당신과 밥을 먹고 카페에 가서 커피 한잔도 했다. 이제는 쓴 커피도 마실 수 있다며, 당신은 당당히 아메리카노를 시켰다.

잠에서 깨어났다. 그리고 오늘 나는 아주 오

랜만에 당신이 나오는 꿈을 꿨다. 아니다. 당신의 꿈을 꿨다. 너의 꿈을 꿨다. 오랜만에 네가 나왔다. 많은 이야기를 나눴던 거 같은데, 아침까지만 해도 선명했던 기억이 시간이 지날수록 희미해지기만 한다. 계속 그렇게 희미해지는 사람이 되는 게 속상하지만, 그럼에도 당신에게 웃으며 안녕을 전할 수밖에.

당신과 만나는 시간동안 참 많은 일이 있었어. 그 순간을 함께 보내면서 이전보다 더 성숙한 사람이 된 것만 같아서 좋아. 당신에게 많은 걸 배우고 많은 걸 느꼈어. 그리고 많이 미안해. 내가 부족하고 서툴렀던 사람이라.

당신, 가끔 아주 가끔은 그리울 거 같아.
당신도 나처럼 꼭 그러길 바라.
앞으로 새롭게 살아갈,
서로의 앞날에 축복과 사랑만이 있길.
안녕.

오래전 그날

윤종신의 〈오래전 그날〉. 나는 이 노래를 참 좋
아한다. 듣는 것도, 부르는 것도. 그의 수많은
명곡 가운데, 나와 함께 흘러간 이 노래.

이 노래 가사처럼, 교복을 벗고 스무 살을
지나 스물한 살이 되던 해, 당신을 만났다. 그
렇게 함께 2년의 시간을 보냈고, 같이 보낸 계
절이 여덟 번 바뀌었을 무렵 내가 군에 입대하
기 세 달 전, 나는 당신과 헤어졌다. 이런 표현
을 쓰는 게 적합한지는 모르겠지만, 참 질기게
도 만남을 이어 갔으며, 사랑이란 단어를 비로
소 알게 해 준 사람이었다. 사랑이 얼마나 가슴

뛰는 것인지, 이 세상이 얼마나 행복한지를 알
게 해 주었고, 또 사랑이 얼마나 가슴 아픈 것
인지를 알게 해 주었던 사람이다.

한창 연애를 했을 시절엔 당신과 노래방에
갈 때면 이 노래를 빠지지 않고 불렀다. 비록
사랑의 세레나데와 먼 한 남자의 덤덤한 이별
노래였지만, 그래도 불렀다. 많이 들었고 많이
불렀으니 그래도 자신 있는 노래였기에. 오랜
시간이 흘러서, 이 노래를 부를 당시 당신의 표
정이나 대화 같은 것들은 전혀 기억나지 않지
만, 그때의 느낌만은 기억이 난다.

나는 당신과 이별을 한 뒤 사랑 불구가 되었
다. 다시 누군가에게 내 마음을 주는 것과 누
군가를 내 마음에 들여놓는 것을 못했다. 만남
이 있으면 헤어짐이 있는 법이고, 그 헤어짐이
끝나 갈 무렵 나시금 민남이 있는 법이기도 한
데, 나는 그러질 못했다. 그래서 당신과 이별

뒤 여러 사람과 밥을 먹기도 해 봤으며, 차도 마셔 봤으며, 술도 마셔 봤지만, 좀처럼 다친 마음이 회복되지 않아, 그 이상 관계는 만들지 않았다. 그렇게 사랑 불구가 되었다는 걸 확신하고, 사랑을 갈구하려고 더 이상 애쓰지 않으며 살아갔다. 아프면 아픈 대로 슬프면 슬픈 대로, 충분히, 솔직하게, 모든 걸 받아들였다. 내 상처를 다른 누군가로 인해 치유받는 그런 바보스러운 짓은 하지 않았다. 그렇게 살아가다 아주 우연한 기회로 한 사람을 만나게 되었고, 다시금 그 사람을 사랑하게 되었고, 당신이 알려 주었던 사랑보다 더 큰 사랑도 있다는 걸 깨닫게 되었다.

사랑의 상처가 치유되고 다시 내 마음에 다른 누군가가 들어와, 그곳에서 집을 짓고 같이 밥을 먹으며 살아가는 그런 안정감을 찾았을 때, 어느 날 친구와 노래방에서 이 노래를 부르다가 문득 당신의 생각이 휘몰아쳤던 날이 있었다. 이 가사처럼 당신이 내가 제대하기 얼마 전, 다른 사람을 사랑하게 되었다는 소식을 들으면 나는 어떨까. 이건 당신에 대한 미련도 아니고 그리움도 아니고 미움도 아닌 감정이지만, 말로 설명할 수 없는 그런 것이지만, 아직까진 당신이, 나 이외의 다른 누군가를 만나지 않고 있다는 것을 알게 되었을 땐, 그래도 다행이다 싶었다. 도대체 뭐가 다행이라는 건지.

사실 내 마음은 이렇다. 당신도 하루빨리 좋은 사람을 만났으면 좋겠다는 반. 지금처럼 여전히 내가 당신의 마지막 사랑으로 남았으면 하는 마음 반. 하지만 후자보단 전자가 당신이 더 행복할 것을 알기에 나는 당신이 하루빨리 좋은 인연을 만났으면 한다. 이건 기꺼이 큰 바람이다. 당신의 행복을 빌어주고 싶다. 그리고 그 만남과 사랑을 누구보다 축복해주고 싶다.

당신도 이 노래를 참 좋아했다. 당신도 가끔

이 노래를 들을 때면 내 생각이 날 게 분명하다. 그리고 나에게도 어느 날, 당신에게 연인이 생겼다는 소식이 들릴 거라는 건 알고 있다.

이미 그때 그 상황이 닥쳤을 당시를 생각하며 마음의 준비는 끝이 났고, 멀리서나마 진심으로 축복을 건네 줄 마음도 준비했다.

다시, 윤종신의 〈오래전 그날〉. 나는 이 노래를 참 좋아한다.

듣는 것도, 듣는 것도.

두 사람

비가 내리는 걸 좋아하는 사람과 비가 내리는
걸 싫어하는 사람. 우동을 좋아하지 않는 사람
과 우동을 좋아하는 사람. 야식을 즐겨 먹는
사람과 밤에는 금식하는 사람. 주변 사람에게
말이 많은 사람과 다소 말수가 적은 사람. 잠이
없는 사람과 잠자는 걸 행복해하는 사람. 취향
부터 성향까지 완벽히 다른 두 사람이 서로를
만났다.

누구나 처음 만남이 그러하듯, 건네는 말투
와 손짓은 조심스럽게 서로의 안부를 전한다.
당신에게 조금이라도 연락이 늦어질 때면 걱정

하는 일이 부지기수며, 모든 나의 신경은 휴대 전화로 향한다. 혹여 당신에게 연락이 올까 봐, 조마조마 마음을 졸이며.

연락하는 스타일조차도 다른 두 사람. 그리고 당신은 나와 다른 사람이라는 걸 인정하는 일. 어떻게 보면 가장 어렵고, 또 어떻게 보면 너무나도 쉬울 수밖에 없는 일. 다시 말해 연애 초반엔 너무나도 쉬웠던 일이지만, 사랑할수록 너무나도 어려운 일.

당신의 다름을 이해하지 않는 것은, 욕심. 우린 다를 수밖에 없는 사람이다. 태어난 시간, 부모의 이름, 자라온 환경 모두 우린 같을 수가 없는 사람이다. 하물며 같은 부모 밑에서 자란 형제조차도 나와 다른데, 당신과 내가 어찌 같을 수가 있을까.

몇 번 정도의 사람을 만나고 이별을 겪으면

서 느낀 감정들. 비울 마음은 비우고 채울 마음
은 채워야 한다는 것. 서로를 바꾸려 하지 않고
있는 그대로 바라봐 준다는 것은, 사랑.

이미 이들은 사랑할 때는 한결같음이 중요
하다는 것을 절감한 뒤이기를 바란다. 그때 그
마음들이 영원하기를. 다시 말해 당신의 사랑
은 사랑을 하기를 부탁한다.

당신에게

사랑하는 마음을 전하려고 펜을 들었는데,
이 문장 외 달리 이렇다 할 말이 없다.

당신이 나의 뮤즈고,
나는 여전히 당신이 필요하다.
그리고 나는 이제 당신이 없으면
살 수가 없다.

꽃은 반드시 피기에

요즘 우린 참 바쁘게도 살아간다. 남들과 치열하게 경쟁을 하면서, 제대로 푹 쉬지도 못하면서, 울고 싶을 땐 마음 놓고 울지도 못하면서, 그렇게 마음을 추스를 시간도 없이 매번 바쁘게도 살아간다.

자신을 돌아볼 시간도 없이 바쁘게 흘러가는 시간 탓에 지금 내가 잘하고 있는지, 걱정과 회의감이 몰려오는 날에는 눈앞이 더욱 자욱해질 수도 있다.

그럴 때일수록 쉽사리 흔들리지 말고 오히려 담담하게 조금 더, 나 사신을 믿었으면 한다.

지금 너무 힘들고 외로운 시간이라고 생각될지라도, 곧 좋아질 날도 있다는 걸 깨달았으면 좋겠다. 오늘 하루를 살아가면서 각자의 소망과 염원이 가득 담긴 그 꿈들이 모두 이뤄졌으면 좋겠다. 그리고 얼마 지나지 않아 가장 따뜻한 날이 되었을 때, 그 꽃망울들이 피어나 가장 예쁜 꽃이 되길.

사계절이 다 지나,

당신의 계절에서 꽃 피울 때
가장 아름다운 꽃을 피울 수 있길.

엔딩 크레딧   안녕하며

아프지 않으셨으면 합니다.

당신의 새벽은 어떠한 이유로 깊어 가는지

제가 감히 헤아릴 수는 없지만

너무 아프지 않으셨으면 합니다.

인간관계, 학업, 취업, 사랑, 이별 등

당신의 마음속에 있는

여러 상념들이 잘 풀리길 바랍니다.

이 시간들이 무탈하게
잘 지나가길 바랄 뿐입니다.

그리고 이 힘듦이 무색하게 느껴지는 어느 날
이 책을 다시 펴 보았을 땐,
당신의 아픔들이
모두 추억으로 깃들어 있길 소망합니다.

지민석 드림.

네 새벽은 언제쯤 괜찮아지려나

초판 1쇄 발행 2018년 03월 30일
개정증보판 1쇄 발행 2020년 10월 19일

지은이 지민석
펴낸이 김기용 김상현

편집 전수현 　**디자인** 이현진
마케팅 박혜진 염시종 최의범

펴낸곳 필름(Feelm) 출판사
등록번호 제2019-000086호 　**등록일자** 2016년 6월 13일
주소 서울시 마포구 월드컵북로5가길 31, 2층 (서교동 447-9)
전화 070-8810-6304 　**팩스** 070-7614-8226
이메일 office@feelmgroup.com

필름출판사 '우리의 이야기는 영화다'

우리는 작가의 문체와 색을 온전하게 담아낼 수 있는 방법을 고민하며 책을 펴내고 있습니다.
스쳐가는 일상을 기록하는 당신의 시선 그리고 시선 속 삶의 풍경을 책에 상영하고 싶습니다.

홈페이지 feelmgroup.com 　**인스타그램** instagram.com/feelmbook

ISBN 979-11-88469-62-8 (03810)